Benjamín Prado

Als einer von uns Laura Salinas töten wollte

Benjamín Prado

Als einer von uns Laura Salinas töten wollte

ROMAN

Aus dem Spanischen von
Matthias Strobel

Luchterhand

Die Originalausgabe erschien 2000
unter dem Titel *La Nieve esté vacía*
bei Espasa, Madrid

Satz: Filmsatz Schröter, München
Druck und Bindung: GGP Media, Pößneck

ISBN 3-630-87170-4

I

Einer von uns dreien

Gerade hatte es noch geregnet, so daß die Stadt eine seltsame Mischung aus feuchten Bürgersteigen und stickiger Hitze bot, als einer von uns dreien gestern abend gegen halb zwölf das Haus verließ, um Laura Salinas zu töten. Vorerst sollen Sie nicht wissen, wie er heißt und wer von den dreien ich bin. Wie ich das anstellen will? Ganz einfach: Ich werde Ihnen alles, was passiert ist, in der dritten Person erzählen, dann können Sie nie sicher sein, ob ich, wenn ich sage »Iker Orbáiz zündete sich eine Zigarette an«, »Ángel Biedma dachte noch einmal darüber nach, was er zur Tatzeit gemacht hatte« oder »Alcaén Sánchez hätte für sein Leben gern dieses Haus gekauft«, über mich oder von einem der anderen beiden spreche.

Das sind die Regeln, und wenn sie Ihnen nicht passen, dann sollten Sie jetzt besser aufhören zu lesen, Laura Salinas vergessen, sich um Ihre eigenen Angelegenheiten kümmern und mir nicht die Zeit stehlen. Denjenigen unter Ihnen, die trotz allem bleiben und sich meine Geschichte anhören wollen, werde ich etwas in Erinnerung rufen und einen letzten Hinweis mit auf den Weg geben. Erstens: Sie sind lediglich Leser und kein Detektiv, also versuchen Sie bloß nicht, auf eigene Faust Ermittlungen anzustellen und Schlüsse zu ziehen. Zweitens: In dieser Erzählung funktioniert alles andersherum als üblich, weil nämlich die Figuren echt sind und der Erzähler erfunden ist, er ist kein Mensch aus Fleisch und Blut, er ist ein unsichtbares Wesen, reine Fiktion. Versuchen Sie ja nicht, irgendeine Verbindung zwischen den Figuren und mir herzustellen, es würde Ihnen aus zwei Gründen gar nichts bringen: Ich habe die Ereignisse wie ein allwissender Erzähler angeordnet, so als wäre ich immer an Ort und Stelle gewesen, und außerdem ist dies weder meine Stimme noch meine Art zu reden; ich habe mich darauf beschränkt, im Stil eines Krimis zu schreiben. Sie können sich darauf verlassen, daß Sie mich nicht erkennen werden, weder in diesem Buch noch außerhalb, sollten wir uns in einer Bank oder einem Gemischtwarenladen begegnen, in einem Aufzug oder in einer Apotheke, ganz egal, ob Sie mich zum ersten Mal sehen oder nebenan wohnen. Wie gesagt: Vorerst bin ich ein unsichtbares Wesen.

Eines möchte ich doch noch vorausschicken, bevor ich beginne, und zwar: Wer immer es war, der gestern gegen halb zwölf aus dem Haus ging, um Laura Salinas zu töten: Er war ein gebrochener Mensch, ein Mensch, der keinen Ausweg mehr sah. Seine Schritte waren langsam und unsicher, er schien von einem Schlachtfeld zu kommen; er schien vor Bombenangriffen und Schützengräben zu fliehen, vor zerstörten Häusern, dem Tod, der auf der Haut der Gefallenen seine tausend roten Münder aufreißt. Seine Augen wirkten fiebrig und zersplittert. Hätten Sie ihn in dieser Nacht gesehen, er wäre Ihnen nicht gefährlich vorgekommen, sondern eher verängstigt. Da bin ich mir sicher.

Und Angst hatte er tatsächlich, seine uralte Angst vor dunklen Parks und stillen Straßen, diese Beklemmung, die menschenleere Orte hervorrufen, gerade weil sie menschenleer sind, diese Unruhe, die reglose Autos ausstrahlen, Hunde, die nicht bellen, unsichtbare Spaziergänger, geschlossene Geschäfte.

Dieser Mann hatte Angst und fragte sich, ob sein Schmerz jemals vergehen würde. Dieser stechende, unfaßbare Schmerz. Dieser unheimliche, schlangenförmige Schmerz. Er sagte sich, vielleicht würde er heilen, vielleicht war es nur eine Frage der Zeit. Er sagte sich: »Vielleicht wird er sich in ein paar Tagen verflüchtigt haben wie alles andere auch, so wie die Spuren des Wolfes, wenn der Schnee schmilzt.«

Ich werde Ihnen erzählen, was geschehen mußte, damit dieser Mann in einen solchen Zustand geriet, damit er allein durch die Stadt zog, auf der Jagd nach Laura Salinas, und sich dabei auszumalen versuchte, wie die Albträume seiner Mordtat aussehen würden.

II

Das große Geschäft

Es war überall und machte ihn ganz verrückt. Er spürte es im Geländer, das sich sanft anfühlte, in seiner geschwungenen, vollkommenen Linie, in seiner cremigen Farbe; im eleganten Knarren der Stufen, in der roten und grünen Dicke der Böden: Das war guter Marmor, das waren teure Teppiche, das war edles Holz. Alcaén Sánchez stellte sich an eines der Fenster und betrachtete zum letzten Mal den Garten, den kleinen Brunnen und die Schaukel unter den Bäumen. Dann drehte er sich zu dem Mann um, nahm das Kärtchen, das er ihm entgegenstreckte, und begab sich in aller Ruhe zum Ausgang. Er blieb erneut stehen, um noch einige Details des Gebäudes zu studieren – den Deckenstuck, die Türangeln – und mit all seinen Gesten den Eindruck eines solventen Mannes zu erwecken, der an Luxus und Geld gewöhnt war, eines Mannes, der gerade zwei Wochen in einem Kurbad verbracht hatte.

Er wußte nicht genau, warum er seit Jahren all diese Häuser besichtigte, die er sich niemals würde leisten können. Vielleicht, um seine Hoffnung zu nähren, seine Hoffnung auf eine behagliche, glänzende Zukunft ohne Sorgen und Nöte; vielleicht war es aber auch nur ein Spiel, eine List, um sich, während er mit den Immobilienmaklern verhandelte, eine Zeitlang selbst vorzugaukeln, er wäre tatsächlich dieser Mann, der zu sein er vorgab, ein lockerer, weltläufiger Typ, dessen Ruf vor allem auf seiner Zuversichtlichkeit und einem achtstelligen Betrag auf dem Bankkonto gründete. Er hätte wissen müssen, daß Spielen gefährlich ist, daß es kein Spiel gibt, bei dem man nicht etwas verlieren kann. Damals wußte er das aber noch nicht.

Diesmal war irgend etwas anders als sonst. Natürlich war alles wie gewohnt verlaufen: Er hatte den wohlhabenden Mann gemimt, der zu dem Treffen am Samstag morgen in teurem Anzug und Armanishirt erschienen war, die seine Lässigkeit und seinen Reichtum zum Ausdruck bringen sollten; wie immer hatte der Verkäufer ihn anfangs argwöhnisch gemustert, hatte mit geübtem Blick versucht, ihn einzuschätzen und auf eine bestimmte Geldsumme zu taxieren; und wie immer hatte er ihm, dem mutmaßlichen Betrüger, nachdem Alcaén die richtigen Signale ausgesendet hatte und zu einem ernstzunehmenden Kunden geworden war, mit weitschweifigen Sätzen und einem breiten Verkäuferlächeln Honig ums Maul geschmiert.

»Und hier haben wir eine kleine Privatbibliothek«, sagte der Süßholzraspler, »mit exquisitem Blick auf den Garten. Die Vitrinen sind aus echter Eiche. Ein reizendes Plätzchen, ideal, um alle Sorgen zu vergessen, finden Sie nicht? Hier haben wir einen Barschrank. Und diese Tür führt zu einem der Schlafzimmer.«

Alcaén Sánchez schwieg, während er jeden Zentimeter des Zimmers und jede Bemerkung des Verkäufers sorgfältig abzuwägen schien.

»Tja, hier fänden nicht einmal dreißig Prozent unserer Bücher Platz«, antwortete er schließlich im Ton dessen, der es gewohnt ist, nicht um den heißen Brei herumzureden. »Und was die Bar betrifft: In meiner Familie pflegt man abstinent zu sein. Trotzdem, sehr hübsch, dieser Bereich, zweifellos.«

Mit dem Wort »abstinent« gewann er endgültig die Achtung des Angestellten, der nun fast wie ein Priester die Arme ausbreitete und ihn ehrfürchtig ansah. Er irrte sich. Denn wäre das, was Alcaén gestern abend getrunken hatte, Benzin gewesen, hätte er es mit dem Auto von Cádiz bis nach Neu-Delhi geschafft.

An all dies erinnerte er sich, als er mit dem Bus zurück ins Zentrum fuhr, aber vor allem auch daran, wie sehr ihn der Preis des Häuschens verblüfft hatte. Er hatte sich derartig an dieser Summe festgebissen, daß er kaum bemerkte, wie sich die breiten, makellosen Straßen des Neubauviertels erst in waldiges Gelände, dann in eine Autobahn und schließlich in die Außenbezirke der Stadt verwandelt hatten. Es war ein Morgen im Dezember, die Schaufenster der Geschäfte waren verziert wie eine Hochzeitstorte, die Leute liefen mit bunten Päckchen und Kindern an der Hand von einem Ort zum anderen. Bestimmt war keiner bereit, besser zu sein, als er war, und doch wollten alle es sich einige Wochen lang gutgehen lassen, so daß diese Sehnsucht nach Glück in der Luft lag, die man Weihnachtsstimmung nennt.

Fünfzig Millionen. So viel kostete das Haus, eine Summe, die ihm gleichzeitig klein und unerreichbar vorkam.

Zweifellos war es ein guter Preis, doch konnte *er* es sich erlauben, auch nur davon zu träumen? Natürlich nicht. Und wenn er seine Wohnung verkaufen würde? Wenn die Firma ihm einen Vorschuß gäbe? Wenn er abends einem zweiten Job nachginge? Wenn er bei der Bank einen Kredit aufnähme … Solchen Träumereien hing er nach, stellte sich sein Leben in dem Haus so bildhaft vor, daß er beinahe zu jenem wohlhabenden Mann ohne Sorgen wurde, den auch der schleimige Immobilienmakler in der Ferne erspäht hatte, als Alcaén sagte:

»Nun ja, fünfzig Millionen sind eine ernsthafte Investition. Wobei mir der Preis durchaus angemessen erscheint.«

Das Gesicht des Verkäufers verzerrte sich vor Wohlgefallen oder vielleicht auch aus Unsicherheit, jedenfalls bemühte er sich, seine Gesichtszüge auf eine Weise neu anzuordnen, so daß sie jemandem zu gehören schienen, der doppelt so ehrlich war, doppelt so vertrauenswürdig. Es war ein Gesicht, das zu sagen versuchte: »Glauben Sie mir, das ist ein großartiges Geschäft. Ich würde Sie niemals reinlegen.«

Der Bus kam an, und Alcaén schlenderte ziellos ein wenig umher, betrachtete die Geschäfte, die Kioske, die Obstläden; er studierte die Speisekarten und Preise einiger Restaurants. Plötzlich wollte er keine Zeit mehr verplempern, kaufte ein paar Äpfel und ging zum Sívori. In der Kneipe bei ihm um die Ecke, wo er meist den frühen Abend verbrachte, könnte er die Äpfel essen und einige Gläser Bier trinken. Und natürlich würde er dort auch irgendwann seinen besten Freund Iker Orbáiz treffen. Er brannte darauf, ihm von dem Haus zu erzählen, und überlegte sich unterwegs, wie er das Thema am besten anschneiden konnte. Fast sah er es vor sich: Iker erfindet eines seiner seltsamen Gleichnisse, und die anderen hören ihm aufmerksam zu, scheinen in jedem Abenteuer etwas Wichtiges für sich selbst zu entdecken, zum Beispiel: Ein Mann biegt in eine Sackgasse ein, die ihn in den Wahnsinn und die Katastrophe führt, als er eines Morgens aufwacht und bemerkt, daß er in seinen eigenen Träumen nie auftaucht. Oder: Eine Frau, die im Sterben liegt, gesteht ihren Söhnen, daß ihr ganzes Leben und damit auch das ihrer Kinder auf einer Lüge beruht: Sie hat ihren Mann durch eine Täuschung erobert, hat sich für eine andere Person ausgegeben. Alcaén, dem das Haus unter den Nägeln brennt, folgt diesen Geschichten nicht so aufmerksam wie sonst, und als Iker schweigt, sieht er ihm in die Augen und sagt:

»Weiß du was? Ich glaube, ich werde mich in einen schönen Schlamassel begeben.«

Ich werde noch nicht verraten, wieviel Wahrheit in diesem Satz steckt, ohne daß Alcaén es wüßte. Aber vermutlich werden Sie mir zustimmen, wenn ich sage, daß unser Leben viel glücklicher verlaufen würde, wenn wir wüßten, wann etwas nur so dahingesagt ist und wann es sich um eine Prophezeiung handelt. Denn wäre es möglich, wäre nichts von alldem passiert.

III

Der Mann, der in seinen eigenen Träumen nicht auftaucht

Stell dir vor, du könntest dir einen Tag deines Lebens aussuchen«, sagte Iker, »einen bestimmten Moment, nur einen einzigen, und von dort aus neu anfangen. Welchen Augenblick würdest du …?«

Ángel Biedma hob die Hand.

»Warte mal«, sagte er. »Wüßte ich, was danach passiert? Das ist sehr wichtig. Weil es nämlich alles ändert.«

»Wie, danach?«

»Angenommen, ich könnte zum Beispiel zum Juli 1975 zurückkehren, als ich in Barcelona diesen Autounfall hatte. Ich habe dir davon erzählt, weißt du noch?«

»Ja, ich erinnere mich. Ein Kleinlaster kam auf deine Spur, du hast gebremst, aber es hat dir nichts genützt, weil es geregnet hat und die Fahrbahn glitschig war.«

»Richtig. Meine Frage wäre also: Könnte ich zu jenem Vormittag zurückkehren, mich in aller Ruhe in eine Bar auf den Ramblas setzen, um etwas zu trinken, und sagen: ›Ich denke gar nicht daran, ins Auto zu steigen. Beim letzten Mal habe ich mir beide Beine kaputtgemacht.‹«

Ángels Augen blitzten auf, als wäre der Scharfsinn etwas Metallisches.

»Nein, natürlich nicht. Es geht nicht darum, das gleiche Leben noch einmal zu leben. Man darf lediglich etwas streichen oder hinzufügen. Der Mann will nur herausfinden, wo sein Niedergang begonnen hat und warum. Verstehst du? Er versucht keine Wunder zu bewirken, sondern eine Erklärung zu finden.«

»Mal sehen, ob ich es richtig verstanden habe: Ein Mann wacht eines Morgens auf und denkt an den Traum, den er in dieser Nacht hatte, und wie immer kann er sich mit aller Deutlichkeit daran erinnern. Plötzlich, während er sich einige der Geschichten gegenwärtig macht, die ihm beim Schlafen durch den Kopf gehen, und sie mit anderen in Zusammenhang bringt, macht er eine beunruhigende Entdeckung: Er bemerkt, daß er nie einen Traum hat, in dem er selbst auftaucht. So beginnt doch die Geschichte, nicht wahr?«

»Genau.«

»Gut. Nun frage ich mich: Warum findet er das so schrecklich? Das müßte man erklären. Warum ist es ein solcher Schlag für ihn? Wieso bringt es sein ganzes Leben aus dem Lot? Wäre es nicht besser, es würde noch etwas anderes passieren … ich weiß auch nicht … etwas Außergewöhnlicheres?«

»Nicht unbedingt. Sagen wir, diese Entdeckung ist ein kleines Licht, das ein großes und leeres Zimmer erleuchtet. Verstehst du? Es ist das eine Ende des Stricks, der Einstieg in das Loch.«

»Und dann stellt sich heraus, daß am Ende des Stricks eine Schlinge ist.«

»Richtig. Am Ende eines Stricks ist *immer* eine Schlinge. Genau darum geht es in der Geschichte.«

»Warum hat er es nicht eher bemerkt?«

»Was? Sein Unglück? Vielleicht, weil er noch nie einen Blick auf diesen Teil seines Lebens geworfen hat. Als er hinsieht, setzt die Überschwemmung ein. Heißt es nicht, die Wahrheit richtet den Lügner? Warum sollte das nicht auch für die gelten, die sich selbst belügen?«

»Und warum sieht er nicht einfach weg? Wäre doch ganz leicht, oder? Er könnte einfach von dem Loch weggehen, von dem du sprichst, nicht an dem Strick ziehen.«

»Nein, ich glaube, das könnte er nicht. Er muß unbedingt herausfinden, was passiert ist. Deshalb fragt er sich, wann genau in seinem Leben er in die Irre gegangen ist, und er träumt davon, an diesen Punkt zurückzukehren und die Sache wieder geradezubiegen. Er muß diesen Punkt finden.«

»Selbst wenn er dadurch alles verliert, was er hat?«

»Wovon redest du da? Es geht nicht darum, etwas zu gewinnen oder zu verlieren, sondern darum, etwas zu entdecken.«

»Was für ein Unterschied soll das sein?«

»Der zwischen einem Archäologen und einem Grabräuber.«

Ángel und Iker fuhren noch eine Weile in dieser Weise fort, während Alcaén auf eine Gelegenheit wartete, um ihnen von dem Haus zu erzählen, das er entdeckt hatte, und von seinen Zukunftsplänen. Er sah sich um: Das Sívori war eine Bar mit ruhiger Atmosphäre, hatte eine Theke aus dunklem Holz, zwei oder drei Spiegel und eine Dartscheibe, etwa fünfzig mehr oder weniger exotische Flaschen, die aufgereiht auf einem Regal standen, und vor allem diese Mischung aus grünen Lampen und scharlachroten Samtsesseln, die besonders den Männern ein wohliges Gefühl vermittelten, die hierherkamen, um ihr Geld auszugeben und vor ihren Familien zu flüchten. An der Toilettentür hing ein Foto von T. S. Eliot, einer der verschlüsselten Scherze, die für Iker so typisch waren: »Wenn du das ›S‹ wegnimmst und es rückwärts liest, dann wird aus T. S. Eliot ›toilet‹.«

»Hört mal, ich muß euch was erzählen«, fing Alcaén an, aber just in diesem Augenblick brachte Gloria, die Besitzerin des Sívori, drei Bierkrüge an den Tisch.

»Hier ist die neue Runde, die ihr gerade bei mir bestellen wolltet«, sagte sie.

»Wollten wir? Woher weißt du das?«

»Das ist eine Bar und keine Bibliothek. Ihr kommt hierher, um was zu trinken und mir euer Gehalt dazulassen. Alles andere geht mich nichts an.«

Sie war etwa vierzig Jahre alt, hatte leuchtend grüne Augen und eine stramme Figur, und überhaupt war sie von jener provokativen Schönheit, die auf eine schwierige Vergangenheit und die unbedingte Enschlossenheit schließen ließ, sich mit Händen und Füßen gegen alle zu wehren, die sie noch einmal ausnutzen wollten. Gerüchte besagten, daß sie aus den höheren Kreisen stammte; daß sie zehn Jahre mit einem einflußreichen Mann verheiratet war; daß sie das Sívori in einem Wutanfall gekauft hatte, nachdem ihr Mann ihr mitgeteilt hatte, daß er sie verlassen wolle. »Gloria, hör mal, ich habe da jemanden kennengelernt«, hatte er ihr eines Nachts gestanden, »ich weiß, daß ich mich wie ein Schuft benehme, daß du das nicht verdient hast, ich wünschte, es wäre nicht passiert, ich fühle mich schrecklich, aber so ist es nun mal, ich muß noch einmal bei Null anfangen.« Am nächsten Morgen ging Gloria zur Bank, hob all ihre gemeinsamen Ersparnisse ab und schrieb ihrem Mann einen Zettel: »Damit du noch mal bei Null anfangen kannst.«

»Da muß noch etwas anderes vorgefallen sein«, sagte Iker immer, wenn er darauf zu sprechen kam. »Warum hat er nicht versucht, sein Geld wiederzubekommen? Warum hat er nicht seine Anwälte eingeschaltet? Wenn Gloria das Sívori mit dem Geld gekauft hat, das auf dem Konto war, dann sprechen wir hier von mehreren Millionen Peseten, schätzungsweise fünfundzwanzig oder dreißig Millionen, vielleicht noch viel mehr. Was wußte sie? Womit konnte sie ihn in Schach halten? Gefesselt an Händen und Füßen? Und noch etwas müssen wir uns fragen: Wer *war* sie, bevor wir sie kennenlernten? Warum ist sie nicht zu ihrer Familie zurückgekehrt? Warum hat sie statt dessen diese Kneipe aufgemacht? Das ist der springende Punkt. Das sind die beiden Fragen, die es braucht, um jemanden zu verstehen: Woher kommt er? Und was ist da passiert?«

»Vielleicht handelt es sich einfach nur um eine Art Trampolin«, mischte sich Ángel Biedma ein, »um den ersten Schritt zu einem besseren Leben.«

»Dann ist er nicht wirklich geglückt, jedenfalls nicht so, wie sie es sich vorgestellt hat.«

»Nein, natürlich nicht. Sie hat wahrscheinlich gedacht, es sei der erste Schritt, aber dann folgte kein zweiter.«

»Demnach hegt sie einen furchtbaren Groll gegen das Arschloch, das sie verlassen hat. Dann enthält eine der Flaschen hinter der Theke nicht das, was auf dem Etikett steht, sondern ein Gift, und zwar eines, das ganz langsam wirkt. Was meinst du? Sie hat die Flasche immer da stehen, falls ihr Mann eines Tages ins Sívori kommt. Wäre das nicht eine geniale Rache? Das perfekte Verbrechen: Zwei Wochen später findet die Polizei die Leiche in seiner Wohnung und stellt fest, daß er ermordet wurde, weiß aber nicht, von wem, aus welchem Motiv und wo er das tödliche Gemisch zu sich genommen hat. Und selbst wenn sie die Wahrheit ahnten: Wie sollen sie es beweisen?«

»Dann bringt sie ihn also um? Ich weiß nicht, da ist mir ein bißchen viel Zufall mit im Spiel. Wieso sollte er ins Sívori kommen?«

»Das weiß man nicht, weil es im Grunde egal ist. Man weiß lediglich, daß Gloria diese tödliche Dosis Arsen vorbereitet hat, daß sie irgendwo steht, bedrohlich lauert, als könnte allein schon diese Tatsache ihre Vergangenheit verändern, sie zum Besseren wenden.«

Alcaén war immer mit dabeigewesen, hatte zugehört, als Iker und Ángel die Geschichten Zug um Zug entwickelten: die Geschichte Glorias, die des Mannes, der in seinen Träumen nicht auftauchen konnte, die der Mutter, die ihren Kindern beichtet, daß ihr Leben eine Farce war und auf einer Täuschung beruhte. Genaugenommen hatten sie sich gerade deshalb angefreundet, denn Alcaén hatte sich an einem Abend vor zwei Jahren in ihre Nähe gesetzt, als sie gerade dabei waren, eine Geschichte zu erfinden, und hatte ihnen mit solchem Interesse zugehört, daß sie ihn schließlich zu sich an den Tisch einluden. Als sie sich einander vorstellten, erfuhren sie, daß Alcaén Sánchez bei einer Versicherung arbeitete, Iker Orbáiz Schriftsteller werden wollte und Ángel Biedma Arzt war, daß Iker und Ángel Bier, Bücher und endlose Gespräche liebten, diesen intellektuellen Ringkampf, aus dem der eine Ideen für seine Geschichten und der andere unendlichen Genuß zog. Alcaén übernahm augenblicklich eine wichtige Rolle: Er wurde zu ihrem Publikum.

Er hatte sie noch gut in Erinnerung, diese erste Begegnung: wie ihn, als er sich ihnen näherte, aus irgendeinem Grund das Gefühl beschlichen hatte, er habe das alles schon einmal erlebt, er erkenne die Szene wieder, wisse sogar, was jeder der drei sagen würde; dieses beunruhigende Gefühl, das uns manchmal denken läßt, der logische Verlauf der Dinge habe sich plötzlich umgekehrt, die Erinnerung gehe der Erfahrung voraus. Eines Tages, viel später, hatte er es Iker erzählt, und der hatte sofort eine Erzählung geschrieben, in der ein Mann sich an Prag erinnerte, ohne je dort gewesen zu sein: Wenn er die Augen schließt, sieht er die Veitskathedrale, die Straßen des Malá-Strana-Viertels, die grünen Dächer der Nikolauskirche, die Statuen der Karlsbrücke; wenn er sich besinnt, erinnert er sich an einen Besuch bei dem Dichter Vladimir Holan, in seinem

Haus am Fluß; an ein kleines Restaurant in der Nähe des Hradcanyplatzes, das geöffnet hatte; an den Vormittag, als er den jüdischen Friedhof besuchte, er fuhr in einem roten Bus hin, der Boden war mit Efeu bedeckt, Kafkas Grab sah genauso aus wie alle anderen Gräber. Und noch etwas: Aus irgendeinem Grund sieht er in allen Episoden ein weiß gekleidetes Kind, einen kleinen Jungen, der etwas entfernt steht, wie auf der anderen Straßenseite, dessen kantige, entschiedene Gesichtszüge er aber genau zu erkennen vermag, die blauen, leicht slawischen Augen. Wer ist dieser Junge? Woher kennen sie sich? Was will er? Jedenfalls beschließt er kurz vor Weihnachten, nach Prag zu reisen, wo in den ersten Tagen alles die vermeintliche Reglosigkeit des Bekannten zu haben scheint, den Geschmack von Heimkehr: In der Jan-Neruda-Straße steht noch das Haus »Zu den zwei Sonnen«, und in der Karlovastraße das Haus »Zur goldenen Schlange«; das tschechische Bier hat diesen herben, unverwechselbaren Geschmack; fünf Minuten vom Rathausplatz entfernt liegen die Gasthäuser, wo man im Stehen ißt, preiswerte Lokale, wo man sich in eine lange Schlange einreihen muß, um einen Teller Nierchen, ein Getränk und einen Nachtisch zu bekommen. Nach einigen Tagen jedoch schleicht sich in das, was er tut, etwas Neues ein, eine Art Wirklichkeitsanpassung findet statt und verdrängt allmählich das, was nur Vorahnung war, so wie man einen Bekannten trifft, den man schon lange nicht mehr gesehen hat, und die wahrhaftige Person, die vor einem steht, langsam das Bild, das wir von ihm haben, Lügen straft, es Zentimeter für Zentimeter kolonisiert, bis es schließlich ganz verschwindet. Wie dem auch sei, jedenfalls hat er nach einer Woche Urlaub fast vergessen, was ihn nach Prag geführt hat, sieht er in dem Impuls, der ihn getrieben hat, eine Art Aberglauben, eine Überspanntheit. Am letzten Abend jedoch, als er aus einem Restaurant in der Altstadt tritt, sieht er neben einer Laterne, auf der gegenüberliegenden Straßenseite, den Jungen mit den blauen Augen, den schönen slawischen Gesichtszügen und dem weißen Anzug, er geht auf ihn zu, und da plötzlich fällt ihm noch etwas ein: die rote Ampel, das Motorengeräusch, der gelb lackierte Lieferwagen; er dreht sich um, genau wie beim ersten Mal, aber wieder nicht schnell genug; er dreht sich um und sieht, wie ihn der Lieferwagen überrollt.

Iker versicherte, daß er ihm diese Geschichte widmen würde, sollte er sein Buch einmal veröffentlichen, und Alcaén maß diesem Versprechen diese leicht übertriebene Bedeutung bei, wie Menschen es tun, die keine großen Ambitionen haben, Menschen, die im Grunde ihr Leben nicht verbessern, sondern nur lindern wollen. Es kann aber auch sein, daß er sich in dem Fatalismus der Erzählung selbst erkannte, da er ja zu der Sorte von Menschen gehörte, die in fast allem ein böses Vorzeichen sehen, die bei einem Strand sofort an Ertrinken denken und bei einem Messer sofort an eine Narbe, mit derselben Logik, mit der andere sich beim Anblick eines Bettes eine schöne Frau vorstellen.

Dachte er so auch über das Haus, von dem er Iker und Ángel erzählen würde? Bestimmt. Wäre Laura Salinas nicht dazwischengekommen, hätte sich Alcaén sicherlich darauf beschränkt, wieder er selbst zu sein, hätte zwei oder drei Schläge angedroht und sich dann ergeben. Doch wie hätte er voraussehen sollen, was ihn erwartete? Wie hätte er voraussagen sollen, was alle drei erwartete, was aus ihnen werden würde? Der Mensch ist wie eine Eisschicht, man weiß nie, was unter der Oberfläche liegt: welche Kälte, welche Tiefseedunkelheit, welche Unterwassermonster. Als er in einen seiner Äpfel biß und die Geschichte zu erzählen begann, fiel keinem der drei etwas Merkwürdiges auf, sah keiner die Gefahr kommen, ahnte keiner das Gemetzel. Statt dessen hörten sie schweigend zu, saßen auf den roten Barhockern des Sívori und tranken Bier, als wäre es ein Abend, an dem nichts Schlimmes seinen Anfang nahm.

IV

Manchmal schneidet Geld wie ein Messer

Einige Tage später, als er vom Büro aus die Agentur anrief, stimmte Alcaén Sánchez vollkommen mit dem überein, was Ángel und Iker gesagt hatten, daß nämlich sein Plan, jenes Haus zu kaufen, absurd war, ein ehrgeiziges Vorhaben, das weit über seine Möglichkeiten hinausging.

»Es ist ein schöner Traum«, sagte Iker. »Aber dieser Traum gehört einem anderen.«

Trotzdem rief er wieder an und vereinbarte einen zweiten Termin. Warum? Sah er doch noch eine winzige Möglichkeit, sich zu verschulden und genügend Geld zusammenzubekommen, oder wollte er schlicht das Häuschen noch einmal sehen? Jedenfalls fieberte er dem kommenden Wochenende derartig begierig entgegen, daß ihm die Stunden, die er im Büro verbrachte, endlos vorkamen und er es als eine Tortur empfand, die Kunden des Unternehmens zu betreuen, all diese Autofahrer, die ihm ihre Probleme und Mißgeschicke erzählen wollten, viele davon mit der Absicht, die Versicherung zu betrügen, entschlossen, sich die hahnebüchensten Geschichten auszudenken, damit die Versicherungspolice ihre Unfall- und Pannenkosten abdeckte.

»Nein, ich bin nicht gegen einen Baum gefahren, der

Baum ist aufs Auto gefallen, ein Windstoß hat ihn umgeweht.«

»Natürlich bin ich auf die Gegenspur geraten, aber nur, weil ich einem Kind ausweichen mußte, das mitten auf der Autobahn stand. Ein querschnittsgelähmtes Kind im Rollstuhl.«

Der finanzielle Erfolg der Firma hingegen gründete auf einer festen, unbestechlichen Prinzipienlosigkeit, deren zehn Gebote sich in einem einzigen zusammenfassen ließen: Du sollst nicht zahlen. Daher waren in den meisten Fällen die Tricks und Ausreden nutzlos, die Geschädigten beglichen die Reparatur, zahlten die erhöhte Versicherungsprämie und zogen dann in ihrem Viertel durch die Kneipen und logen, daß sich die Balken bogen, erzählten herum, wie sie diesen Betrügern der Versicherung die Hölle heiß gemacht hatten, wie die vor Angst und Wut ganz bleich geworden waren, als sie ihnen mit einer Anzeige gedroht hatten, mit einem Skandal; wie sie ihnen ins Gesicht geschrien hatten, sie würden die Versicherung zugrunde richten, sie würden schon eine Möglichkeit finden, sie in den Ruin zu treiben, sie in den Knast zu bringen. Tatsächlich jedoch war kaum einer von ihnen imstande, das Kleingedruckte zu verstehen, aber es tröstete sie, wenn sie sich ein wenig aufplusterten, dadurch fühlten sie sich weniger verletzlich, nicht so schwach.

Alcaén hatte in der Firma zwei Aufgaben: Morgens mußte er Kundenanträge bearbeiten und abends, eine Stunde vor Feierabend, die Tageseinnahmen zählen, die sich aus dem ein oder anderen Grund im Panzerschrank angesammelt hatten. Er prüfte sie auf ihre Richtigkeit und legte dann das Geld wieder in den Tresor, bis der Direktor es am nächsten Morgen zwei Wächtern übergab, die es in einem gepanzerten Transporter zu Bank fuhren.

Während er auf den Samstag wartete, kam ihm sein mechanischer Tagesablauf härter vor als sonst; es fiel ihm schwer, sich zusammenzureißen und die Abfolge von Tagen zu ertragen, die leer und lästig zugleich waren, einer wie der andere, die an der Haut klebten wie nasse Kleidung nach einem Gewitter. »Wenn ich nur das Haus kaufen könnte«, sagte er sich immer wieder; und hinter diesem Satz schwebten alle persönlichen Veränderungen, die er sich überhaupt vorstellen konnte: Schluß mit dem Alkohol, Schluß mit den leichten Mädchen, Schluß mit dem Herumlungern im Sívori, er würde die Bücher lesen, von denen Iker und Ángel immer erzählten, würde sich nicht mehr damit begnügen, nur von ihnen sprechen zu hören, er würde um einen höheren Posten im Büro kämpfen ... Wäre Laura Salinas nicht aufgetaucht, wäre es nur ein weiterer seiner unerfüllbaren Wünsche gewesen, eine Hoffnung, die von der Realität zurechtgestutzt wurde, also harmlos, denn ein Traum wird nur dann gefährlich, wenn er nicht durch einen anderen Traum ersetzt werden kann: Man macht eine Flasche auf, und wenn die Kohlensäure entwichen ist, macht man die nächste auf. Das ist alles. Sagen Sie jetzt ja nicht, Sie wissen nicht, wovon ich spreche. Wie viele Leute dieser Sorte kennen Sie? Bestimmt sind einige unter Ihnen ebenfalls so, mittelmäßig und feige, Menschen, die sich nicht von der Stelle rühren, damit sie nichts zurücklassen müssen, Menschen, die sich hinter ihrem reinen Gewissen verstecken, in ihrem Dachkämmerlein leben, die wissen, wie man sich Schilde baut, die sie vor der Schlacht abschotten, Brücken, die sie vom Fluß fernhalten. Stört es Sie, daß ich Ihnen das sage? Ist mir egal, denken Sie von mir, was Sie wollen; nicht einmal mit einer Kanone könnten Sie meine Gefühle verletzen; Sie haben nicht genug gelitten, um zu wissen, wie Sie mich treffen können. Außerdem sind wir nicht hier, um über solche Sachen zu reden, also kehren wir lieber zu dem zurück, was uns alle interessiert, kehren wir lieber zu unserer Geschichte zurück.

Schließlich wurde es Samstag. Alcaén nahm den Bus zu dem Neubauviertel, in dem das Haus lag, und fragte sich, ob er eine Möglichkeit übersehen hatte, vielleicht konnte er irgendeine Abmachung mit dem Makler treffen, irgendeine Formel vereinbaren, um die fünfzig Millionen abzustottern, vielleicht konnte er seine Wohnung und seine Ersparnisse als Anzahlung geben, Wechsel unterschreiben, Klauseln akzeptieren, sein Gehalt auf Lebenszeit mit einer Hypothek belasten: Er verdiente zweihunderttausend Peseten im Monat; wenn er von fünfundzwanzigtausend lebte, blieben um die zwei Millionen im Jahr übrig, und zwei Millionen mal zwanzig waren … Er verzog das Gesicht, sagte sich »Halt die Klappe und hör auf mit dem Quatsch«, als spräche er mit jemand anderem. Dann warf er einen Blick in die Zeitung: Ein Mann namens Jean-Claude Roman stand in Frankreich vor Gericht, weil er in der Nähe von Genf seine Frau, seine beiden Kinder, seine Eltern und seinen Hund ermordet hatte, als aufzufliegen drohte, daß sein ganzes Leben ein gigantischer Bluff war, daß er weder Arzt noch Mitarbeiter der Weltgesundheitsorganisation war, wie er achtzehn Jahre lang alle Welt glauben gemacht hatte, sondern lediglich ein Spinner, der nicht einmal das zweite Studienjahr geschafft hatte, der jeden Morgen zu einem Büro aufbrach, das gar nicht existierte, der in sein Auto stieg und zu einem Parkplatz fuhr, wo er die Stunden verstreichen ließ, in denen er angeblich arbeitete, wo er Kongresse und Geschäftstermine erfand, die Namen seiner Kollegen, seiner Vorgesetzten und Patienten, sich Anekdoten ausdachte, die er seiner Familie erzählen würde, sobald er nach Hause kam. In der Zeitung stand, daß alles damit begonnen hatte, daß Roman bei den ersten Prüfungen an der medizinischen Fakultät durchfiel und sein Scheitern als Student zu verschleiern versuchte. Von da an führte eine Lüge zur nächsten, aus einer kleinen wurde eine größere, kompliziertere, eine Lüge, die immer schwerer zu handhaben war, immer gefährlicher wurde.

Alcaén fragte sich, ob Iker Orbáiz diese Geschichte kannte, ob seine Erzählung über eine Frau, die ihren Kindern beichtet, daß ihr Leben von Anfang an eine Farce gewesen ist, vielleicht davon inspiriert war. Er hob die Nachricht auf, um sie ihm und Ángel Biedma heute abend im Sívori zu zeigen. Dann wandte er sich den Sportseiten zu.

Als seine Haltestelle kam, überprüfte er seine Verkleidung – den Anzug eines Geschäftsmanns, das Armanishirt –, zündete sich eine Dunhill Menthol an, hörte auf, sich wie der echte Alcaén zu bewegen, immer etwas träge, immer etwas mühsam, gab sich vielmehr dynamisch und selbstsicher, klingelte an der Tür des Häuschens und erwartete, daß ihn der Verkäufer vom letzten Mal empfangen würde, daß er es wieder mit seiner beflissenen Haltung zu tun bekommen würde, mit seiner Höflichkeitsgymnastik. Statt dessen stand Laura Salinas im Türrahmen, und innerhalb einer Sekunde, kaum daß er sie erblickt hatte, spürte Alcaén, wie sein Herz erst stockte und dann in der Mitte auseinanderklappte wie ein Apfel, den man mit einem Fleischermesser durchtrennt. Ging es wirklich so vor sich? So unstrittig, so rasch? Passieren Dinge so? Keiner kann das sagen, niemand weiß, was wirklich passiert ist. Man weiß nur, woran man sich erinnert.

Jedenfalls war das, was an jenem Morgen von Alcaén aus zu sehen war, nicht einfach nur eine Frau von mittlerer Statur mit den ockerfarbenen Augen einer Katze, schönen, rätselhaften, sandfarbenen Augen, eine Pflanze, die unter der Erde eine große Wurzel birgt; eine schlanke Frau mit dunkel geschminkten Lippen, in einem Ton zwischen Braun und Kirsch, mit kurzen, kastanienfarbenen Haaren, blasser Haut, die jedoch einen geheimen Glanz ausstrahlte, golden wie Münzen auf dem Grund eines Brunnens. Was von Alcaén aus zu sehen war, war ein zerbrechlicher Körper, der sich aufbäumen würde, wenn man ihn streichelte, Hände, die dafür gedacht waren, daß man sie im Kino und im Park ergriff, ein Mund wie eine tropische Frucht, die noch keinen Namen hatte; was sich vor ihm auftat, war ein ganzes Leben mit ihr, ein Leben, an das er sich Stück für Stück zu erinnern meinte, während sie das Haus besichtigten, während sie ihm die Dusche zeigte, aus der er sie oft nackt hatte steigen sehen, die schönen Brüste, die bei jedem Schritt mit hypnotischer Fülle schwangen, das Wasser, das auf ihren Schultern perlte; das blaue Sofa, auf dem sie manchmal abends miteinander schliefen, wenn sie von einem Restaurant oder einer Party zurückkehrten; der Schrank, in dem einmal …

»Señor Sánchez? Geht es Ihnen gut, Señor Sánchez?«

Alcaén schreckte auf, als er sie hörte. »Verzeihen Sie, aber Sie sind so unerträglich hübsch, so rein«, hätte er gern zu ihr gesagt. Doch leider war er nicht dieser Typ von Mann.

»O ja … es ist nur …«

»Keine Angst, das macht nichts. Ich erklärte Ihnen gerade, daß dieses Haus über einen Gasanschluß verfügt und daß die Heizung …« Sie hielt inne und sah ihn eingehend an, als wollte sie ihn taxieren. »Wissen Sie was? Das geht mir manchmal auch so. Plötzlich …«, sie machte eine Geste mit der Hand, »… bist du an dem einen Ort und dein Kopf an einem anderen.«

»Oder an vielen Orten gleichzeitig.«

»Ja, manchmal auch das. Und plötzlich fügen sich alle Teile wieder zusammen, ohne eine Spur zu hinterlassen, wie die Kügelchen eines Quecksilbertropfens.«

»Genau, es. Es … ist normal. Na ja, ich meine … es ist nicht normal, sondern seltsam, aber es ist auch … Ich meine …« Sie lachte, weil er so verlegen war, und für

Alcaén war das sanfte Timbre dieses Lachens der wunderbarste Klang, den er je vernommen hatte, in ihm schien sich alle Musik der Welt zu vereinen: Brahms-Lachen, Mozart-Lachen, Billie-Holiday-Lachen, Elvis-Lachen, Beatles-Lachen, Bob-Dylan-Lachen. Er dachte aber auch, daß etwas so Perfektes niemals ihm gehören würde. Wer war er denn schon?

»Gut, Señor Sánchez, das war's. Es sei denn, Sie wollen sich den Garten noch einmal ansehen. Oder einen anderen Teil des Hauses.«

»Den Garten?«

»Vielleicht wollen Sie noch einmal einen Blick in den Keller werfen. Oder in die Garage? Wie Sie vielleicht bemerkt haben, haben dort nur zwei Autos Platz.«

»Nein, ich glaube ... ich meine ...« Er steckte die Hand in die Tasche seines Jacketts und schien, als er mit den Fingern auf das Dunhillpäckchen stieß, plötzlich wieder zu sich zu kommen, schien zu bemerken, daß er sich aufführte, als wäre er schlicht er selbst. »Rauchen Sie?« fragte er etwas abrupt und zog die Schachtel heraus.

Sie sah ihn kurz an, vorsichtig, vielleicht überrascht von der seltsamen Wendung des Gesprächs; Alcaén aber spürte irgendwie, daß ihr diese plötzliche Anwandlung gefallen hatte.

»Ja, doch, ich rauche, aber nicht jetzt, danke. Sind das Mentholzigaretten?«

»Ja. Sie wissen ja, raffinierter Müll: Garant für einen grünen, eleganten Krebs.«

Er hatte diesen Satz schon Dutzende Male gesagt, sagte

ihn immer, wenn er ein zum Verkauf stehendes Haus besichtigte. Er hielt ihn für die beste Nummer seines Repertoires.

»Na gut«, sagte sie, »dann nehme ich eine.«

»Und was den Garten betrifft, ja, ich glaube, Sie haben recht, ich denke, ich würde ihn mir gern noch einmal ansehen.«

Sie gingen nach draußen. Alcaén betrachtete ihre Hände und bemerkte, daß sie keinen Ehering trug. Er fragte sich, welches der direkteste Weg zu dieser Frau war. Er wußte nicht viel von ihr, eigentlich nur zwei Dinge: Sie hieß Laura Salinas und war die Frau, von der er immer geträumt hatte.

»Ich nehme an, Señor Valente hat Ihnen bereits gesagt, daß es eine Familie gibt, die sehr an dem Häuschen interessiert ist.«

»Señor Valente?« fragte der falsche, immer so gewitzte Alcaén, um das Terrain für den nächsten Schlag vorzubereiten.

»Das ist der Kollege, der Sie beim letzten Mal betreut hat. Erinnern Sie sich? Ein dunkler Typ, Anfang Vierzig …«

»Ah! Aber existiert denn außer Ihnen noch jemand auf diesem Planeten?« hätte dieser künstliche Alcaén darauf erwidern und sich eine weitere Dunhill anzünden müssen. Doch ihre Augen machten ihm angst, er war eingeschüchtert von ihrem katzenartigen Blick, fühlte sich ihren tigerhaften Wangen ausgeliefert, ihrer blassen Haut, ihren kirschroten Lippen, die er gerne küssen würde, bis in den Wahnsinn, Tag und Nacht küssen, im Frühling und im Winter, in Cafés und Kirchen, in einer von Tataren belagerten Burg.

»Ja, ich glaube, ich erinnere mich: ein dunkler Typ, den man leicht vergißt.«

Wieder lächelte sie.

»Das ist er, ohne Zweifel. Die Beschreibung paßt.«

»Mit Ihnen hingegen ist es ... Nun, da bin ich mir absolut sicher ...« Alcaén war ein Ringerpaar, das sich mitten in einem Kampf umklammert hält; der eine rang um eine geistreiche Bemerkung, der andere wollte nicht plappern; der eine Kraftprotz setzte auf Vorsicht, der andere auf Tollkühnheit. Und beide mußten mit ansehen, wie die Frau ihnen entglitt, wie sie sich vor ihren Augen auflöste, von Sekunde zu Sekunde ein wenig mehr, als wäre sie aus Sand. »... Sie werde ich nie vergessen.«

Laura deutete ein Lächeln an und senkte den Blick. War sie errötet? Kurzzeitig schien sie verwirrt, und Alcaén konnte spüren, wie sie gegen diese Scham ankämpfte, wie sie sich darum bemühte, daß ihre Augen, als sie den Blick wieder hob, neutral und undurchdringlich wirkten.

»Ich danke Ihnen ... Sehr liebenswürdig. Na schön! Wenn Sie keine weiteren Wünsche haben, dann liegt es nun an Ihnen. Denken Sie darüber nach und geben Sie uns Bescheid. Und vergessen Sie nicht, daß es sich hier um eine einmalige Gelegenheit handelt und noch eine andere Familie ...«

»Wissen Sie«, unterbrach Alcaén sie, beflügelt von seinem Wagemut, »es ist nämlich so, daß ich heute morgen noch einige Dinge zu erledigen habe. Um zu einer Entscheidung zu gelangen, bräuchte ich möglicherweise noch etwas Zeit.«

»Sicher, nehmen Sie sich so viel Zeit, wie Sie wollen.«

»Ich bin noch etwas unentschlossen, aber das Haus gefällt mir sehr. Allerdings passen nur zwei Autos in die Garage ... Vielleicht könnten wir einen weiteren Termin vereinbaren.«

»Selbstverständlich«, sagte sie. Alcaén glaubte einen neuen Unterton in ihrer Stimme wahrgenommen zu haben, war sich aber nicht sicher. »Wie wäre es am Donnerstag vormittag?«

»Am Vormittag geht es leider nicht. Vielleicht um die Mittagszeit. Könnten Sie zwischen zwei und vier?«

»Na ja, da gehe ich normalerweise essen ...«

»Dann könnten Sie mir doch um zwei das Haus zeigen und anschließend mit mir essen gehen.«

Sie blickte wieder zu Boden und errötete, sagte erst nein und dann ja:

»Na gut. Gegen ein Geschäftsessen ist ja nichts einzuwenden, oder? Dann sehen wir uns also am Donnerstag um zwei.«

Die erste Runde war beendet.

Alcaén konnte gar nicht glauben, daß er es geschafft hatte. Als er nach Hause fuhr, fühlte er alles, was ein Mann fühlt, der nur das Eine denkt: eine überbordende Freude und eine abgründige Leere, er fühlte sich glücklich und verzagt, groß und klein, schwach und unbesiegbar. Dann malte er sich das Essen am Donnerstag aus, stellte sich ein teures Restaurant vor, ein exotisches Menü, eine blendende Unterhaltung, die sich bis zum Abend zog, bis zu dem Augenblick, in dem die letzten Schranken zwischen zwei Unbekannten fallen und sich die neue Freundschaft zu festigen beginnt, sich unlösbare Bande knüpfen. Vielleicht würden sie an jenem Tag auch gemeinsam zu Abend essen. Sollte es sich so abspielen, dann brauchte er neue Kleidung; vielleicht sollte er sich auch ein gutes Auto mieten. Konnte er sich all das leisten? Wahrscheinlich nicht, aber war das nicht egal? Liebe kann die Dinge auf den Kopf stellen, kann Schutt in Paläste verwandeln, Asche in Holz.

Als der Bus im Zentrum ankam, sah er einige schöne Frauen, die aber nur eine Schmalspurversion von Laura Salinas waren und die er mit den herablassenden Augen eines alten Abenteurers betrachtete, für den der Guadalquivir ein bescheidenes Abbild des Amazonas oder der Ebro eine blasse Variante des Nils ist.

Auch das mit dem Haus ließ er sich durch den Kopf gehen und sagte sich, daß es mit Laura Salinas verknüpft war, daß er beide oder keins von beiden haben würde. War es so? Vergessen Sie's, vorerst spielt das keine Rolle, das kann uns egal sein; vorerst zählt nur, daß Alcaén es mehr oder weniger folgendermaßen betrachtete: Sie verdient etwas Besseres als mich, also muß ich jemand anderer werden. Und wie sollte er das bewerkstelligen? Noch wußte er es nicht, erschauderte aber, als er bemerkte, daß er kurz darauf an den Tresor der Versicherung dachte, an das Geld, das er am Ende eines jeden Arbeitstages in einem kleinen Büro zählte. Manchmal war es sehr viel Geld, mehr als genug, um sich damit jeden Wunsch zu erfüllen. Und es lag immer da, allein, die ganze Nacht, bis die vereidigten Wachmänner es am frühen Morgen abholten. Da lag es, in Bündeln zu hundert- und fünfzigtausend Peseten, blaue, graue, rote und grüne Scheine. Alcaén wußte alles, was man über sie wissen konnte: Sie sind glatt und hypnotisch; wenn man sie in die Hand nimmt, lösen sie ein Wohlgefühl aus, fast wie im Traum, wie wenn die Wärme der Sonne in die Haut eindringt und sich mit dem Blut mischt, sie rufen ein Gefühl überirdischen Friedens hervor, eine anästhesierende Wirkung. Manchmal jedoch schneiden Scheine wie ein Messer.

V

Der Taubenmörder

Der Mann, der nicht in seinen Träumen auftauchen konnte, hatte gerade eine Taube getötet, aber Iker Orbáiz wußte noch nicht genau, warum, so daß er durchs Zimmer zu schlendern begann, mit trüber Miene, den Kugelschreiber zwischen den Fingern drehend. Er war sich sicher, daß es die ideale Anstellung für die Figur seiner Geschichte war, seit er in der Zeitung gelesen hatte, daß diese Arbeit tatsächlich existierte, daß das Rathaus einige über die Stadt verteilte Käfige unterhielt und mehrere Fachleute sich tagtäglich damit beschäftigten, den Zustand der Tiere zu analysieren und kranken Tauben eine tödliche Injektion zu verabreichen. Iker war begeistert von seinem Einfall, weil ihm diese Beschäftigung sauber und düster zugleich vorkam und außerdem hundertprozentig zu dem Leben paßte, das er seinem Mann zugedacht hatte. Da er jedoch wenig über dieses Thema wußte, machte er einige Notizen, tätigte einige Anrufe und brach schließlich auf, um sich die Sache vor Ort anzusehen.

Der Tag war kalt und wolkenlos, ein Tag, an dem die Menschen zerbrechlich und der Himmel heiter wirken. Iker versuchte sich so gut er konnte die Stimmung einzuprägen, die vielleicht einmal das Klima seiner Erzählung bestimmen würde: die niedrige, harsche Temperatur; die straffe Luft; das Licht, das weniger die Dinge zu beleuchten, als vielmehr Teil von ihnen zu sein schien, der Brennstoff. Er merkte sich auch den schlechtgelaunten Gang der Passanten, die teils weiße, teils gerötete Haut ihrer Gesichter, ihre schmutzigen Stiefel und tabakfarbenen Regenmäntel. Er sammelte die Wörter, die nötig sind, um all dies zu erklären.

Er nahm ein Taxi und war in wenigen Minuten an einem der Orte, an denen die Tauben gefangen wurden. Es war eine Poliklinik des Gesundheitsamtes, eines dieser grauen staatlichen Gebäude, die einem das Herz zu Beton erstarren lassen, wenn man nur einen Blick darauf wirft. Der Käfig befand sich auf dem Dach. Die Sekretärin, mit der er am Telefon gesprochen hatte, hatte ihm noch zwei andere Orte genannt: das Dach der Veterinärmedizinischen Fakultät und das der Sternwarte. Er hatte sich für die Klinik entschieden, weil der Eindruck von Verlassenheit, den sie in ihm hervorgerufen hatte, stärker gewesen war, wegen ihrer schäbigen Atmosphäre, den überfüllten Wartesälen, in denen Männer und Frauen mit melodramatisch angehauchter Ruhe und Resignation darauf warteten, daß sie aufgerufen wurden, Wartesäle, deren vom Geruch nach Arzneien und kranken Menschen gesättigte Luft einem den Atem nahm.

Er ging zum Informationsschalter. Hinter dem Glas saß eine verärgert dreinblickende Frau: um die Fünfzig, zitronengelb gefärbte Haare, schwülstige Umgangsformen und eine knusprig wirkende Haut. Mit dem Lippenstift, den sie aufgetragen hatte, hätte man die Fassade eines Ministeriums streichen können.

»Entschuldigen Sie ...«, sagte Iker. »Könnten Sie mir helfen?«

Mit säuerlicher Miene wandte sie den Blick von der Stelle jenseits des Schalters, die sie gerade angestarrt hatte. Sie stand kurz davor, die Geduld zu verlieren.

»Guten Tag!« sagte sie.

»Ja, natürlich, guten Tag. Entschuldigen Sie. Könnten Sie mir sagen, wie ich aufs Dach komme?«

»Aber selbstverständlich, wohin denn sonst? Haben Sie Sonnencreme und Handtuch dabei oder sollen wir Ihnen unsere leihen?«

»Hören Sie: Ich habe einen Termin.«

»Auf dem Dach? Wer sind Sie überhaupt? Der Schornsteinfeger?«

»Und Sie müssen Mary Poppins sein. Ich weiß nicht, wieso ich nicht gleich darauf gekommen bin. Ich wette, die Kinder sind ganz vernarrt in Sie.«

Sie betrachtete ihn mit all der Verachtung, die in einem Gesicht Platz findet. Ihre Augen sprühten Funken. Iker beschloß, daß ihre Wochenenden endlos und einsam waren, daß sie sie damit verbrachte, Konserven zu essen und die Katzen der Nachbarn zu vergiften.

»Es ist verboten, das Dach zu betreten. Dafür brauchen Sie eine offizielle Erlaubnis. Ich wette zwei Monatsgehälter, daß Sie keine haben.«

»Ich habe mit der Umweltbeauftragten der Stadt gesprochen. Doktor Elián Roma erwartet mich. Wären Sie so freundlich, das mit einem Anruf zu überprüfen? Ich halte Ihnen auch den Hörer, damit Sie sich nicht überanstrengen.«

»Umwelt? Geht es um diese Scheißviecher?«

»Genau. Sie heißen Tauben, und Verliebte schlendern gern auf Plätzen zwischen ihnen hindurch. Und sagen Sie jetzt bloß nicht, daß Sie das nicht jeden Abend bei Sonnenuntergang tun.«

Die Empfangsdame warf ihm einen ihrer notorisch cholerischen Blicke zu.

»Sie gehen zu den Fahrstühlen im Eingangsbereich, fahren in den zehnten Stock, dann rechts, bis zu einer roten Tür. Haben Sie's oder soll ich Ihnen einen Plan zeichnen?«

»Ich denke, das kriege ich hin, wenn ich mir ein bißchen Mühe gebe. Vielen Dank, sehr nett von Ihnen. Was machen Sie heute nach Feierabend?«

»Ich nehme mich vor Schlaumeiern in acht, davon wimmelt es hier nur so.«

»Schade. Ich dachte, Sie hätten vielleicht Lust, mit mir zu Abend zu essen. Sie wissen schon: Sie, ich und ein paar Duftkerzen.«

»Wirklich? Wissen Sie, ich finde, dafür ist es noch ein bißchen zu früh. Kommen Sie wieder, wenn wir beide erwachsen geworden sind, dann sehen wir weiter.«

Iker überließ ihr das letzte Wort. Warum auch nicht? Sie war ein verbittertes, aber harmloses Wesen, das einen Kleinkrieg gegen eine übermächtige Wut führte, eine Frau, der das Leben Stück für Stück genommen hatte, was sie sich erhoffte, ohne daß jemand etwas dagegen unternommen hätte. Wer hat ihr je geholfen? Wer hat sie jemals aus diesem feuchten, dunklen Loch geholt? Iker vergaß sie für immer, als er aus dem Fahrstuhl trat und auf die rote Tür zuging, die zum Dach des Sanatoriums führte. Dort stieß er auf eine Art Mondlandschaft aus Antennen, Dachluken und Wassertanks. Es gab auch mehrere Schornsteine, und aus dem größten sah er dichten, makellos weißen Rauch entweichen, der wahrscheinlich von der Heizung kam. Vielleicht auch von woandersher. Was wird in einem Krankenhaus verbrannt? Ein Schauder durchfuhr ihn, als er diesen chirurgischen, gespenstischen Dampf aufsteigen sah.

Der Taubenkäfig stand in einer Ecke, fünf oder sechs Meter vom Rand des Daches entfernt, und der in einem rostfarbenen Schutzanzug steckende Doktor Elián Roma war die ideale Ergänzung für dieses galaktische Bühnenbild. Als Iker sich näherte, nahm er Notiz von dem ätzenden Gestank, der von den Tieren ausging, und von ihrem ohrenbetäubenden Geflatter, von den düsteren Bildern, die das metallische, brodelnde Geräusch in ihm heraufbeschwor: Leichenwagen, Blumenkränze, Friedhöfe. Er klappte sein Büchlein auf und notierte alles.

Schließlich erreichte er den Tierarzt und erklärte ihm schreiend, daß er Informationen für ein Buch bräuchte, das er gerade schreibe. Elián Roma sah ihn verblüfft an und sagte erst einmal nichts. Iker mußte an das gierige Schweigen der Spitzel in Kriminalromanen denken, die erst reden, wenn der Ermittler ihnen zwanzig oder dreißig

Dollar in die Hand drückt. Als Roma zu sprechen begann, verriet sein Ton jedoch keinerlei Habsucht oder Halsabschneiderei, sondern lediglich Desinteresse. Ein eisiges, unüberwindliches, von Stacheldraht umzäuntes Desinteresse.

»Informationen über die Tauben? Welcher Art?«

»Ich habe zum Beispiel gelesen, daß Sie einige von denen, die Sie fangen, töten.«

Der Mann betrachtete mißtrauisch das Büchlein, in dem Iker seine Antworten notierte. Er nahm die Schutzmaske vom Gesicht und zog die Handschuhe aus.

»Ja, das stimmt. Wir geben den Tauben, die zu alt oder krank sind, eine Spritze. Andere wiederum beseitigen wir gruppenweise mit Kohlendioxyd.«

»Was benutzen Sie dafür? Eine Gaskammer?«

»So was Ähnliches.«

»Welche Krankheit haben sie normalerweise?«

Der Mann steckte sich eine Kippe an und sah zu den gefangenen Tauben.

»Na ja, am Anfang ist es nur ein Keim namens Chlamydien. Aber wenn man nicht rechtzeitig dagegen vorgeht, artet es aus und wird gefährlich für den Menschen.«

»Können sich Menschen damit anstecken?«

»Ich denke schon. Wenn man sich ansteckt, bekommt man eine Art Lungenentzündung.«

»Haben Sie keine Angst davor?«

»Solange man einen solchen Anzug trägt, kann das kaum passieren. Außerdem kann man sich impfen. Wie Sie sehen, ist der Job ekelhaft, aber sicher.«

Entzückt über diese zynische Bemerkung, lächelte Iker Orbáiz ihn an.

»Noch eine Frage zum Schluß: Was machen Sie mit den Tauben, die in die Falle gehen, aber nichts haben? Lassen Sie die wieder frei?«

»Ja, aber nicht hier. Manche werden in andere Provinzen verfrachtet und in einem Wald oder an einer Steilküste freigelassen. Die restlichen stecken wir in einen Lastwagen und schaffen sie in einen Park am Stadtrand. Bringt aber nichts: Die meisten kehren zurück.«

»Und das ist nicht gut?«

Der Mann lachte schallend.

»Ob das gut ist? Ich sage Ihnen mal was: Hier sind sie nicht gern gesehen. Die Leute hassen sie, keiner mag sie, außer ein paar Touristen und zwei, drei Spinner, die sie jeden Morgen füttern, ihnen Namen geben und stolz sind, wenn sie ihnen aus der Hand fressen. Alle anderen hassen sie. Diese Viecher machen die Dächer kaputt, scheißen die Statuen und Denkmäler voll, verdrecken die Autos und die aufgehängte Wäsche. Ich sag's Ihnen noch mal: Niemand mag sie.«

Iker Orbáiz bedankte sich bei Elián Roma und brach auf, zufrieden mit dem, was er gesehen und gehört hatte, freudig erregt.

Er nahm ein Taxi und fuhr in den Süden der Stadt, um sich ein Möbelgeschäft anzusehen, in dem ein Verbrechen stattgefunden hatte: Der Mann der Inhaberin war ermordet worden. Er begab sich öfter an einen frischen Tatort, suchte bei den Leuten und Dingen nach einer Spur, nach einem kleinen Hinweis auf das Drama, badete sich in dem makabren Parfüm, das an jenen gewöhnlichen, durch die Tragödie vergifteten Orten in der Luft zu hängen schien. Wenn man ihn nach dieser Gewohnheit fragte, antwortete er immer, daß es sich dabei um eine Feldstudie handle, um einen Dokumentationsprozeß. Wahrscheinlich hatte er recht: Wer kein Holz sammelt, kann kein Feuer machen.

Während er also dorthin fuhr, dachte er, daß die Geschichte des Mannes, der nicht in seinen Träumen auftauchen konnte, vielleicht zu mehr als einer Erzählung taugte, daß daraus ein guter Roman werden könnte. Genau das hatte vor ein paar Tagen auch Ángel Biedma zu ihm gesagt, auf dem Weg zum Sívori. Und noch etwas hatte er gesagt:

»Weißt du, was ich an deiner Stelle tun würde? Ich würde mir ein Vorbild für die Hauptfigur suchen, jemanden, der nah genug ist, um ihn ganz genau zu studieren, jeden Gesichtsausdruck, jede Geste, die Art, wie er spricht, wie er einen Muskel bewegt. Ich finde, daß Alcaén ein guter Kandidat wäre. Was meinst du? Sogar der Name gefällt mir, du könntest ihn im Titel verwenden: *Niemand hat je von Alcaén Sánchez geträumt* oder so.«

Aus irgendeinem Grund hatte sich diese Idee in Iker Orbáiz festgesetzt, sie verfolgte ihn auf seiner Erkundungstour an jenem Ort des Verbrechens und später in der Bar, als er einen Martini trank; als er in zwei, drei Buchhandlungen die Neuerscheinungen überflog, als er in einem japanischen Restaurant Misosuppe und Sushi aß und als er in einem Supermarkt fürs Abendessen einkaufte. Und sie verfolgte ihn immer noch, als er sich viele Stunden später auf den Heimweg machte. In dem Augenblick, als er sich entschloß, Alcaén zu seinem Ausgangspunkt zu machen, saß er gerade im Bus und bemerkte plötzlich, wie sehr sich der Himmel verändert hatte, seit er am Morgen aufgebrochen war: Er war jetzt violett, sah mitgenommen aus, zerfleddert, wie achtlos zertretener Flieder.

VI

Leichtes Geld

Alle schliefen, seine Familie im oberen Stock, die Gäste in dem Zimmer unten, als Alcáen eintrat, um das Geld zu stehlen. Viele Jahre waren seither vergangen, aber er erinnerte sich noch an jede Sekunde des Geschehens: Es war an einem Wochenende, und die Casares – oder die Esprius, die Laforets, die Celayas, ganz egal – waren spät angekommen. Er erinnerte sich in aller Deutlichkeit an den Augenblick, in dem sie klingelten und er ihre Mäntel in den Dielenschrank hängte; an den Moment, in dem der Mann seine Brieftasche zückte, um den anderen etwas zu zeigen – einen Ausweis, ein Foto, eine Quittung – und er das auffällig dicke Geldbündel sehen konnte; daran, wie alles unheimlich wurde, als er auf Zehenspitzen die Treppe hinunterschlich – ein quietschendes Bett, ein tropfender Wasserhahn –; und dann erinnerte er sich an die furchtbare Stille, als er mit der Beute in den Händen aus dem Gästezimmer flüchtete, an diese Stille, die ein Gefühl von Unermeßlichkeit hervorgerufen hatte, von der Gefahr, die man verspürt, wenn man auf einer Klippe steht und die Brandung hört.

Vielleicht auch nicht. Vielleicht war nichts davon geschehen, vielleicht hatte Alcaén Sánchez das Geld der Gäste, während sie im Haus seiner Eltern schliefen, nie gestohlen.

Doch mußte es in seiner Vergangenheit – weil es bei jedem Menschen so ist – einen ähnlichen Vorfall gegeben haben, eine Entgleisung, die ihn das Gewicht des Verbrechens, die ausweglose Angst des Schuldigen erproben ließ: Vielleicht ein kleiner Streich, den er als Kind zwei oder drei Freunden gespielt hatte; oder ein mißglückter Diebstahl in einem Kaufhaus; oder ein wenig Kleingeld, das er jemandem aus der Hosentasche gefischt hatte. Es gab da etwas, zweifellos. Und nun war die Versuchung wieder da, zwickte den fünfundzwanzig Jahre älter gewordenen Alcaén heftig ins Herz, ihn, der daran gedacht hatte, den Tresor seiner Firma auszurauben.

Aber würde er es wirklich tun? Jetzt fand er den Plan wieder verrückt, selbstmörderisch. Es fing schon damit an, daß man es in solchen Dingen nie zur Perfektion brachte, daß stets irgend etwas nicht klappte, daß man fast immer eine Spur hinterließ, eine Fährte, die früher oder später, über kurz oder lang, zum Schuldigen führte. Er erinnerte sich genau an ein Gespräch zwischen Iker Orbáiz und Ángel Biedma über Fingerabdrücke. Man hat vier Merkmale: Bogen, Wirbel, Insel und Vergabelungen; es gibt zwei Formeln, um sie zu analysieren, das System von Henry und das von Battley; man unterscheidet sechs Typen: Bogen, gespannter Bogen, linke Schleife, rechte Schleife, Knäuel und Doppelschleife.

Er betrachtete seine Fingerkuppen. Ihm war leicht übel. Die Justiz ist mächtig, dachte er, sie hat Polizisten, Gefängnisse, Labors, Wissenschaftler, die zum Grund aller Dinge vorstoßen, der Petrograph analysiert die Erde von

Fuß- oder Reifenspuren, die spektrographische Abteilung untersucht mineralische Partikel, UV-Strahlengeräte durchleuchten Tintenflecke, Serologieexperten beschäftigen sich mit den Blutresten, du mußt aufpassen, daß du dich nicht verletzt, weil in jedem Blutstropfen dein Name und deine Adresse geschrieben stehen, die schauen sich ihn unter einem Elektronenmikroskop an, da kannst du den Schlag noch so vorsichtig ausführen, eines Tages werden doch zwei Inspektoren vor deiner Tür stehen, du denkst, du seist aus dem Schneider, und dann …

»Señor Sánchez? Geht's Ihnen nicht gut? Sie sind ja ganz blaß.«

Alcaén erschrak, als er Laura Salinas' Stimme hörte, er riß die Augen weit auf und sah sich um, als wäre er gerade aus einer Hypnose erwacht. Das hast du dir nur eingebildet, sagte er sich, um wieder Herr der Lage zu werden. Du bist in diesem Restaurant, sie ist auf die Toilette gegangen, und jetzt ist sie zurück. Vorher habt ihr euch über Schicksal unterhalten.

»Ich bin blaß? Na so was, dabei geht's mir so gut wie nie«, sagte er und sah sie bewußt an. »Ich könnte Lorca auswendig rezitieren und mit den Zehen an der Uhrkette ziehen.«

Laura lachte, diesmal ohne den Blick zu senken, ohne verlegen zu werden. In den prächtigen Glanz des Glücks getaucht, waren ihre ockerfarbenen Augen noch schöner als sonst, sie hatten eine belebende Wirkung auf Alcaén, regten seinen Geist an, stimmten ihn euphorisch. Wer sagt, daß es Zauberei nicht gibt? Plötzlich erblickst du den

Grund des verwunschenen Weinglases und siehst dich mit Laura Salinas oder einer ähnlichen Frau; du siehst ein Haus in den Bergen, den dichten Wald, den unermüdlichen Fluß, die Liebe, die weder Anfang noch Ende hat, wie das Wasser.

»Wissen Sie was? Sie sind sehr amüsant.«

»Und Sie sind wunderbar.«

Stille trat ein. Eine tiefe, haftende Stille. War er ihr zu nahe getreten? Hatte er den richtigen Zeitpunkt gewählt, um ihr so etwas zu sagen, oder war es dafür noch zu früh? Sie wissen ja, in welchem Zustand sich Alcaén befand, und in solchen Situationen zählt keine Logik, gibt es keine Balance; man geht gleichzeitig über einen roten Samtteppich und glühende Kohlen; alles heilt dich, alles tut dir weh.

Sie saßen in einem thailändischen Restaurant, es war ihre zweite Verabredung. Schon einmal hatten sie zusammen gegessen, als Alcaén das Treffen unter dem Vorwand, er wolle sich das Haus noch einmal ansehen, geradezu erzwungen hatte. Einige Tage später hatte er sie erneut zum Essen eingeladen, doch diesmal hatte er keine List gebraucht, keinen Vorwand vorgeschoben. Und sie hatte, obwohl sie zunächst erschrocken schien, schließlich ja gesagt.

Beide Male war Laura Salinas nicht sehr gesprächig gewesen; tatsächlich betrug sie sich häufig wie ein extrem scheues Wesen, das leicht verlegen wurde, ja geradezu gehemmt, wenn er ein Verführungsmanöver ausführte oder einen zweideutigen Satz einstreute. Dieses Verhalten aber führte nicht nur dazu, daß sie ihn von Ost nach West und von Nord nach Süd eroberte, es führte zur bedingungslosen Kapitulation: Alcaén betete sie an, ihre Haut machte ihn verrückt, ihre Hände, ihr kurzes, kastanienfarbenes Haar, die züchtige Aura der Anständigkeit, die all dies umhüllte.

Es erinnerte ihn aber auch daran, daß er sich ihr mittels einer Lüge genähert hatte und diese Lüge fortbestand, Teil jedes Schrittes war, den sie unternahmen. Was wird geschehen? fragte er sich Tausende von Malen, besessen von den möglichen Folgen seiner Intrige, wenn sie entdeckt, daß ich nicht der Mann bin, für den sie mich hält? Was wird geschehen, wenn ich das Haus nicht kaufen kann, wenn ich diesen Rhythmus aus Luxusrestaurants und exotischen Gerichten nicht durchhalten kann? Er kam zu dem Schluß, daß ihn nur eines von ihr trennte: Geld. Wie konnte er es sich verschaffen? Er sagte sich, daß er keinen ehrbaren Weg kannte; daß es auf dieser verkorksten und verkommenen Welt für einfache Menschen keine Abkürzung gab, die schnell nach oben führte, sehr wohl aber einen direkten Zusammenhang zwischen schmutzigen Geschäften und schnellem Geld. Er wußte ebenfalls, daß Diebstahl eine absurde, unerträgliche Idee war, aber lange nicht so schlimm wie ein Leben ohne Laura, denn das konnte er sich nicht einmal vorstellen. Wie ohne Laura? Wozu ohne Laura? Manche Dinge sind eben so, man kann sie sich ohne den Zweck, für den sie gemacht sind, kaum vorstellen: eine abgeschaltete Leuchtreklame, ein Fenster ohne Scheiben, ein Sarg ohne Leiche.

Als sie an jenem Abend das Restaurant verließen, begleitete Alcaén sie bis zu einem Taxistand. Unterwegs sprachen sie nicht viel. Er verspürte ein ängstliches Verlangen, eine starke Sehnsucht, sie zu umarmen. Er hielt sich zurück, aber als er sah, daß sich das Auto näherte, in dem sie wegfahren würde, als er das grüne Licht und den Fahrer sah, der das »Frei«-Schild aus der Windschutzscheibe nahm, ergriff er ihre Hand und flüsterte:

»Ich hoffe, ich bin dir vorhin nicht zu nahe getreten ... als ich die Wahrheit sagte.«

Sie senkte wieder den Blick, schien verlegen, aber nicht verärgert.

»Du bist mir nicht zu nahe getreten«, sagte Laura, das Du erwidernd. »Ich fand es ... Na ja ...«

»Ja?«

»Süß«, sagte sie schließlich und ließ seine Hand los. »Ich fand es süß.«

Daraufhin hätte er sie gern geküßt; nichts auf dieser Welt hätte er lieber getan. Aber sie reagierte nicht, deutete mit keiner Geste an, daß der Weg zu ihren Lippen frei war. Der Taxifahrer stellte den Motor an.

»Hör mal ...«, sagte Alcaén Sánchez zu spät und schon zu sich selbst. »Vorhin hast du mich gefragt, ob ich an Vorsehung glaube. Ja, ich glaube daran. Ich glaube, daß ich mich dir Schritt für Schritt genähert habe, daß ich zeit meines Lebens auf dich zugegangen bin.«

Durch menschenleere Straßen und halb im Dunklen liegende Viertel lief er nach Hause, die Hände in den Hosentaschen, der Kopf schwer vor düsteren Gedanken. Er saß in der Patsche, in seiner eigenen Falle, wie alle Schwindler. Er stand am Scheideweg, an dem die Wahrheit zu sagen genausoviel Schaden anrichtet, wie mit der Lüge fortzufahren. Und wenn er ihr einfach alles beichtete? Aber was bedeutete dieses *alles*? »Hör mal, mein Schatz: Ich bin ein Hochstapler, ich besitze keinen Céntimo, ich werde gar nichts kaufen, ich bin ein armer Schlucker, vertrau mir.« Er mußte etwas sagen, und zwar bald; er mußte eine Entscheidung treffen, die unumstößlich war und keinen Rückzieher erlaubte, er mußte einen dieser Entschlüsse fassen, die uns von unserem eigenen Leben wegführen, ihm eine neue Richtung geben, sein Ziel ändern. Er würde tun, was nötig war, allen Widerständen zum Trotz, damit Laura nicht fortging. Erneut grübelte er darüber nach, wie er an die Tageseinnahmen der Versicherungsgesellschaft herankommen könnte. Es war eine wahnwitzige Idee. Sie war so unwirklich, daß er sie nicht einmal für unmöglich hielt.

Wir werden ihn nicht bis nach Hause begleiten, weil ich glaube, daß ich meinen Teil der Arbeit erledigt habe und mich nicht in weiteren Details ergehen muß, nicht weiter erläutern muß, in welcher emotionalen Situation er sich befand, wie groß der Schaden war, der ihm drohte. Sie wissen ja bereits, welches Unheil Alcaén Sánchez dazu verleitet hatte, leidvoll in einem Fremden herumzuirren, der ebenfalls Alcaén Sánchez hieß und in so vielen Dingen das genaue Gegenteil von ihm war; ich muß Ihnen also nichts weiter erklären, da ich ja annehmen darf, daß die meisten von Ihnen schon einmal verliebt waren und Sie in diesem

Falle wissen, was es mit dieser Widrigkeit auf sich hat, mit dieser verflixten Geistesschwäche: Man denkt mit dem Herzen und leidet mit dem Kopf.

Will sagen, man wird schwach, aber auch gefährlich.

VII

Der Mann aus Sand

Ángel Biedma wachte als erster auf, wie immer mit einer wohligen Trägheit, als käme er aus dem dichten Gestrüpp eines Betäubungsmittels; er reckte, wölbte und bog sich, genoß dieses warme, langsam aufsteigende Gefühl; und ebenfalls wie jeden Morgen verspürte er eine süße Verwirrung, als er auf der anderen Seite des Bettes den nackten Körper seiner Frau sah und sich mit einem zarten Streicheln ihrer schönen Wehrlosigkeit und ihrer einladenden Haut vergewisserte. »Ich könnte dich töten«, dachte er. »Wenn ich wollte, könnte ich dich jetzt töten.« Dann ging er in die Küche, setzte einen Espressokocher auf, röstete einige Brotscheiben, preßte sich zwei Gläser Orangensaft. Obwohl er dabei äußerst ökonomisch vorging, nur den allernötigsten Aufwand betrieb und folglich auf eine Art verkürzte Version seiner selbst reduziert war, war er doch im wesentlichen bereits Ángel Biedma, ein manisch gewissenhafter Mensch, für den Ordnung der Grund aller Dinge war, der Kern, aus dem alles andere hervorging, von der Effizienz bis zur Rechtschaffenheit, von der Kraft bis zur Klugheit. Sein ganzes Leben war von Beginn an durchkalkuliert und um diese Achse herum organisiert, und er fand, daß sich das Ergebnis sehen lassen konnte: Im großen und ganzen fiel ihm nichts ein, was er wirklich hatte haben wollen und nicht hatte.

Und dennoch war seine Beziehung zu Iker Orbáiz das Wertvollste, was er besaß. Warum? War Iker nicht in mehr als einem Sinn ein störendes, unlogisches Element inmitten all der Normen, all der Disziplin? War Iker nicht ein scharfsinniger, aber chaotischer, ein intuitiver und anarchischer Mensch; mit anderen Worten: das genaue Gegenteil von Doktor Ángel Biedma? Schon möglich. Aber täuschen Sie sich nicht: Wenn Sie zwei und zwei zusammenzählen, werden Sie zu dem Ergebnis kommen, daß der Arzt unserer Geschichte nicht nur ein zufriedener, sondern auch ein dominanter Mensch war, der im Grunde nicht weiterkam mit seiner Zurückhaltung und seinen unumstößlichen Regeln; er kam nicht weiter mit seiner Verachtung des Chaos und der Inkompetenz, mit seiner Theorie, der gemäß ein Fehler stets das Vorzimmer eines weiteren, noch größeren Fehlers war. Denn es gab etwas, das er nicht hatte, aber Iker schon: Talent. Durch ihn erreichte er, was ihm allein nie gelungen war: etwas Eigenes zu schaffen, etwas zu erfinden, Dinge auszugraben, die vorher gar nicht existierten. Er steuerte die Besonnenheit bei, Iker das Genie. Der eine lieferte die Waffen, der andere die Treffgenauigkeit. Bildeten sie nicht ein gutes Gespann?

Ángel liebte seine Rolle als Anstifter und Vertrauter über alles, er war glücklich, wenn Iker und er über jede Erzählung oder jedes neue Projekt stundenlang diskutierten; er fühlte sich belohnt, wenn einer seiner Vorschläge dazu beitrug, einer Geschichte Ikers den letzten Schliff zu geben. Er liebte seine Rolle und nahm sie so ernst wie alles andere auch in seinem Leben, er verwandte eine enorme Energie auf Ikers Ideen, dachte beim Aufstehen und Einschlafen gründlich über sie nach, suchte Tücken und Lösungen in der toten Zeit zwischen zwei Sprechstunden im Krankenhaus und auf der Fahrt zur Arbeit.

Nicht anders hielt er es auch mit der Geschichte über den Mann, der nicht von sich selbst träumen konnte. Anfangs hatte Iker gute Ideen gehabt, zum Beispiel die, den Helden zu einem städtischen Tierarzt zu machen, der auf den Dächern einer Großstadt Tauben tötet. Doch je weiter die Handlung fortschritt, desto lebloser geriet ihm seinem Urteil nach die Figur, desto papierener, unglaubwürdiger. Da war ihm der Kniff eingefallen, Alcaén Sánchez' Züge zu kopieren, ihn als Modell zu nutzen. Es war eine gute Strategie, eine Art Transfusion vorzunehmen. Handelte es sich hier etwa nicht um zwei arme Teufel, sagte er sich, die sich sehr ähnelten und folglich untereinander austauschbar waren? Alles Material lag in Reichweite, Iker mußte nur noch zugreifen. Ángel riet ihm, Alcaén nichts davon zu erzählen, er sagte, es sei klüger, ihm unwissentlich alles zu entlocken, statt ihn in Alarmbereitschaft zu versetzen.

Von da an beschäftigten sie sich im Sívori mit nichts anderem mehr, Abend für Abend: Erst raubten sie ihm seine Mienen und Gesten, dann plünderten sie seinen Geist. Sie fragten ihn nach seiner Kindheit, nach seiner Familie, nach seinen geheimen Leidenschaften, seinen Vorlieben und Gewohnheiten; sie nahmen ihm alles weg, und anfangs war es ein Kinderspiel; die Figur der Geschichte zu entwerfen, war so leicht, als zerstörte man eine Figur aus Sand und baute sie an anderer Stelle neu.

Alcaén wiederum fühlte sich durch die neue Aufmerksamkeit seiner Freunde geschmeichelt, er schüttete ihnen Tag für Tag sein Herz aus, ohne Vorbehalte, ohne recht zu verstehen, warum sie sich derartig für die kleinsten Einzelheiten seines durch und durch gewöhnlichen Lebens interessierten, aber glücklich darüber, daß er bei jenen Treffen seinen Vorstadtsposten verlassen hatte und sich mit einem Mal in der Mitte des Geschehens wiederfand. Allerdings beunruhigte es ihn schon ein wenig, dieses plötzliche Interesse, das ihm Ángel Biedma entgegenbrachte, der für gewöhnlich so höflich, aber auch so verschlossen und kalt war. Alcaén hatte immer gedacht, daß Ángel nicht viel von ihm hielt, daß er ihn aus irgendeinem Grund verachtete, vielleicht, weil er ein einfacher Büroangestellter war und keine Universität besucht hatte; oder vielleicht auch, weil er sich ungebeten in seine Gespräche mit Iker Orbáiz eingemischt hatte. Nun hatte sich seine Haltung verändert, es war ein Unterschied wie Tag und Nacht: Er sah Alcaén bedeutungsschwanger an, folgte mit äußerster Aufmerksamkeit den Einzelheiten, die er zum Beispiel über seine Beziehung mit Laura Salinas preisgab, über jene Treffen, die er ihnen mit geradezu obsessiver Genauigkeit schilderte.

Ángel Biedma war acht oder zehn Jahre älter als Iker und Alcaén, er mußte auf die Vierzig zugehen, wirkte aber wegen der Kleidung, die er im Sívori trug, älter: ungezwungen und doch formell, immer in makellos gebügelten Hosen, manchmal in gewagten, aber nie schrillen Hemden und braunen, lavendelfarbenen oder ultramarinblauen Pullovern. Hätte Iker Orbáiz ihn in einer seiner Geschichten von Kopf bis Fuß beschreiben wollen, hätte er folgendes notiert: fliehende Stirn, morastige Augen und ein häufig ausweichender Blick, der plötzlich einen Glanz ausstrahlen konnte, der schrill und matt zugleich war, wie der Klang eines Gongs; die Nase war fade, und das Zusammenspiel zwischen den zu dünnen Lippen und einem energischen Kinn ließen das Gesicht verwegen und welk zugleich erscheinen; die Robustheit seines Körpers, der sich hinter der Unauffälligkeit und dem weiten Schnitt der Kleidung verschanzte, konnte man nur erahnen: Er war einer dieser Männer, die nackt dreimal so stark wirken als angezogen.

Zweifellos wäre sich Iker, bevor er angefangen hätte, darüber im klaren gewesen, daß nichts davon wichtig war, daß es sich lediglich um ergänzende Eigenschaften handelte, um sekundäre Merkmale. Denn der ganze Ángel Biedma war in seinen Händen enthalten, in seinen üppigen, biblischen Händen, mit denen er alles, was er sagte, unterstrich; Händen, die den Rhythmus jedes Gesprächs und jedes Satzes vorgaben und mit denen er seinen Worten außergewöhnliche Formen verlieh: Drachenworte, Seesternworte, Wolfsworte, Spinnenworte ... Seine Persönlichkeit verdichtete sich in diesen allmächtigen Händen, die er just in dem Augenblick, als er in der Küche seiner

Wohnung das Frühstück beendet hatte, selbst betrachtete: Beide ruhten auf dem Tisch, links und rechts der Kaffeetasse, so reglos, daß sie lethargisch wirkten, irgendwie nicht zur restlichen Person gehörig. Er betrachtete sie, sah sie aber nicht, weil er in Gedanken woanders war, weil er an den Mann dachte, der in seinen Träumen nicht auftauchen konnte, daran, wie die Geschichte ins Stocken geraten war. Er fragte sich, warum, und kam zu dem naheliegenden Schluß: Alcaén Sánchez' Leben genügte nicht, brachte sie nicht weit genug.

Er ahnte, wie sehr es Iker Orbáiz demoralisiert hatte, als er bemerkte, daß sein Roman an Fahrt verlor, allmählich steckenblieb, immer stiller wurde, je mehr die Abschnitte, die Sätze, die Wörter versiegten. Ángel stellte sich vor, daß die Stille dem Moment ähnelte, in dem ein Zug zum Stehen kommt, dieser unnatürlichen Ruhe, in der sich das Schienenkratzen, der kochende Dampf, die glutroten Kabel, die rostigen Schrauben auflösen.

Während er sein Frühstück beendete, glaubte er, aus der Ferne entschlüsseln und verstehen zu können, was in Ikers Kopf vorging, als wären sie zwei Häftlinge in einem Film, die sich von Zelle zu Zelle verständigen können, indem sie mit einem Blechbecher auf die Rohrleitungen des Gefängnisses klopfen. Er erinnerte sich daran, wie er bei ihrer ersten Begegnung die Hand des jungen Mannes ergriffen und ihm erklärt hatte, es handle sich um eine psychische Hand, daß es nach den Regeln der Handlesekunst psychische, philosophische, produktive, quadratische, elementare Hände gebe. Er erklärte ihm, daß die Innenfläche in

Hügel und Linien unterteilt war, er zeigte ihm, welches der Venushügel war, welches der Marshügel, wo die Hügel des Saturns, des Apollos, des Jupiters, des Merkurs und des Mondes lagen; er zeigte ihm, welches die Herzlinie war, die Kopflinie, die Schicksalslinie, die der Gesundheit und die des Lebens; er sagte ihm, sein Venusring beweise, daß er Talent für die Kunst besitze, Sensibilität. Schließlich erinnerte er ihn an einen Satz, mit dem seine Mutter, von der er alles, was er über das Handlesen wußte, gelernt hatte, ihre Ausführungen stets beendet hatte: »Gott gab den Händen des Menschen Zeichen, damit alle Wesen seine Werke erkennen konnten.«

An all dies erinnerte sich Ángel und nahm sich dann eine Liste vor, auf der er die Namen von Schriftstellern und ihren Todestag notiert hatte. Bald würde sich Tolstois Todestag zum neunundachtzigsten Mal jähren.

Der Rest seines Kaffees schmeckte bitter.

VIII

Falsches Blut

Am Tag vor dem Raub riß Alcaén ein kleines Kabel aus dem elektrischen Heizkörper, der in dem Zimmer stand, in dem er jeden Abend das Geld zählte. Es war kurz vor Feierabend, die Hände zitterten ihm, das Blut schoß ihm ins Gesicht, und sein Magen krampfte sich zusammen, obwohl es der einzige Teil seines Plans war, der einfach erschien, obwohl er nur den Stecker herausziehen mußte, bevor er ging und bis zum nächsten Tag die Tür hinter sich schloß. Der Raum war winzig und lag direkt neben dem Büro des Direktors. Der Ablauf war immer der gleiche: Alcaén und der Direktor, ein Mann mit unerbittlichem Schädel und harten Gesichtszügen, die ihm eine numismatische Strenge verliehen, ein Mann, den alle Angestellten respektvoll *Señor Montero* oder *Chef* nannten, öffneten etwa eine Stunde vor Geschäftsschluß den Tresor, verpackten das Geld in kleine Säcke und trugen sie in das Zimmerchen, wo Alcaén die Abrechnung vornahm. Sobald er fertig war und die Summe in die Bücher eingetragen hatte, verstaute er die Scheine in einem oder zwei gepanzerten Aktenkoffern, rief über das Haustelefon Señor Montero an, der herbeieilte und seine Arbeit überprüfte, bevor beide zum Tresor zurückgingen und die Einnahmen wieder hineinlegten, wo sie bis zum nächsten Morgen verblieben, genauer gesagt bis Punkt acht Uhr. Dann nämlich kamen die beiden Wachleute und nahmen sich ihrer an. Nun könnte man vermuten, daß all der bürokratische Aufwand ein unzerreißbares Sicherheitsnetz um das Vermögen der Firma webte, und so wäre es auch gewesen, gäbe es da nicht ein kleines Detail: Señor Montero überprüfte die gepanzerten Koffer nur oberflächlich, denn nach sechs gemeinsamen Arbeitsjahren vertraute er Alcaén blind; wenn ihm also sein Angestellter abends ankündigte, man könne nun das Geld in den Tresor zurücklegen, warf der Direktor lediglich einen flüchtigen Blick darauf und sagte: »In Ordnung, Sánchez, schließen Sie ab, auf daß es sicher verwahrt sei und kein Langfinger sich daran gütlich tue« oder so ähnlich, denn so redete er immer, in feierlichen, rhetorisch aufgeplusterten Sätzen, die seinen Redensarten den Anschein eines Urteilsspruchs oder häufig auch die Feierlichkeit eines Manifests verliehen. Nach seinem Sinnspruch verließ Señor Montero das Büro und ging vor Alcaén her in Richtung Tresor, während der in seinem Rücken die Sicherheitsschlösser der beiden Koffer einschnappen ließ.

Sein ganzer Plan fußte auf diesem doppelten Leichtsinn: Er hatte ein zweites Futter in seinen Mantel genäht und es in mehrere Fächer unterteilt, in denen er die Geldbündel verstecken und mehrere Tüten Sand in die Firma schmuggeln konnte, ähnlich dem, der die Ascheimer neben den Aufzügen füllte; wenn er das Zimmer betrat, in dem er immer die Bilanzierung vornahm, würde die Temperatur dort so niedrig sein, weil ja der Heizkörper kaputt war, daß er einen guten Vorwand hatte, um den Mantel zu holen; sobald er allein in dem Raum war, würde er die Schlösser mit einem Schraubenzieher oder Taschenmesser zerkratzen und das Geld durch den Sand ersetzen, würde die Oberfläche – denn mehr sah sich Montero ja nicht an – mit einigen Scheinen bedecken, die er, sobald er ihm den Rücken zukehrte, in den fünfzehn oder zwanzig Sekunden, die er zum Sichern der Schlösser verwandte, aus seinem Mantel zu holen gedachte. Vorher jedoch würde er bereits das Fenster einer kleinen Nebentoilette im darüber liegenden Stock eingeschlagen und aus den beiden Ascheimern, die dort standen – der eine neben dem Eingang zum Klo, der andere neben dem Fahrstuhl – fast allen Sand entnommen haben, peinlich darauf bedacht, keine Spuren zu hinterlassen. Und er gedachte seine Strategie durch drei Tricks zu ergänzen: Er hatte Schuhe gekauft, die zwei Größen kleiner waren als seine, würde außerdem an jenem Morgen irgendwo eine Zigarettenkippe auflesen und sich am Vorabend im Sívori etwas fremdes Blut besorgt haben, indem er auf das Waschbecken der Toilette ein Seifenstück legte, das mehrere Splitter einer Rasierklinge enthielt; irgendeiner der Männer, die sich die Hände wuschen, würde sich bestimmt daran schneiden und auf den weißen Fliesen des Bodens etwas Blut hinterlassen. Alcaén gedachte einige der Glasscherben des Bürofensters mit dem Blut zu beschmieren und die Kippe zu dem Geld in den Tresor zu werfen. Außerdem würde er Fußabtritte hinterlassen, einen auf der Mauer und einen weiteren auf der äußeren Seite des kaputten Fensters, indem er mit der Hand in den Schuh fuhr und die Sohle befeuchtete.

Der Raub würde am nächsten Tag entdeckt werden, so gegen halb zehn oder zehn Uhr, wenn die Verantwortlichen der Bank die Koffer öffneten. Natürlich würde die Polizei ihn verhören und von Anfang an verdächtigen; doch würden sie auch den Speichel auf der Zigarettenkippe und das Blut auf der Glasscherbe finden, die nicht von ihm stammten. Sein Alibi würde dadurch abgerundet werden, da war er sich sicher, daß Señor Montero nicht aussagen würde, er habe den Inhalt der Koffer und die Schlösser nicht überprüft – die Alcaén natürlich nicht verschlossen haben würde –, denn dies hätte bedeutet, den Inhabern der Firma eine inakzeptable Nachlässigkeit einzugestehen.

»Die Diebe sind durchs Fenster eingestiegen«, sagte ein von Alcaén im Geiste entworfener Inspektor, »und einer von ihnen hat sich an einer Glaskante geschnitten; es ist ihnen gelungen, die Zahlenkombination des Tresors zu entschlüsseln, so daß sie die Geldkoffer, deren Schlösser Spuren von Gewaltanwendung aufweisen, leeren und die Scheine durch Sand ersetzen konnten, um Zeit zu gewinnen: Dadurch, daß die Koffer so viel wie immer wogen, flog der Raub nicht schon um halb neun in dem Versicherungsunternehmen auf, sondern erst zwei Stunden später in der Bank. Offensichtlich entnahmen die Übeltäter den Sand zwei Ascheimern, die im Büro stehen, denn zwei davon sind leerer als die anderen. Zweifellos arbeiteten sie mit Handschuhen, denn es finden sich lediglich die Fingerabdrücke des Direktors und des Kassierers. Wir wissen, daß einer von ihnen Ducados rauchte und der andere, vielleicht auch derselbe, Schuhgröße einundvierzig trug.

Alcaén ging Hunderte von Malen seinen Plan durch, der ihm manchmal unfehlbar, manchmal an den Haaren herbeigezogen und undurchführbar vorkam, so wie Ihnen wahrscheinlich auch in diesem Moment. Offensichtlich waren Bestandteile des Plans sehr gut – denken Sie an die Rasierklinge in dem Seifenstück oder an die von der Straße aufgelesene Zigarette –, aber er enthielt auch etliche Risiken. Risiken, die schrumpften, wenn er an Laura dachte, wenn er im Geiste alle ihre Teile zusammenfügte, das kastanienfarbene Haar, die ockerfarbenen Augen, die zarte Haut, ihre Aura der Rechtschaffenheit und alles andere, was sie in seinen Augen so unwirklich machte, weniger Mensch denn Symbol, eine Art höheres oder mythologisches Wesen, das eher mit Seejungfrauen und Meeresgöttinnen verschwistert war als mit gewöhnlichen Menschen, das leichter mit Legenden über Zentauren und Einhörner in Verbindung gebracht werden konnte als mit Arbeitslosenquoten und Stromrechnungen. Was könnte er Laura Salinas bieten, fragte er sich zum letzten Mal am Vorabend des Überfalls, wenn er den Raub nicht durchführte? Sein Leben auf siebzig Quadratmetern, seine zweihunderttausend Peseten im Monat und die Hälfte seiner Kommodenschubladen? Er brauchte das Geld, er mußte das Haus kaufen: Man kann ein Einhorn nicht in einen Stall pferchen.

Deswegen würde er es morgen abend tun. Deswegen

hatte er an diesem Nachmittag das Kabel aus dem Heizkörper im Büro gerissen. Diese unbedeutende Geste, dieser erste Schritt seines Plans rief in ihm das Gefühl hervor, daß er sich nun nicht mehr gegen sein Schicksal stellen konnte, daß der Wahnsinn bereits seinen Lauf genommen hatte.

Mit einer Zange zerbrach er die Rasierklinge und steckte einige Splitter in die Seife. Dann verließ er seine Wohnung, nahm auf dem Weg ins Sívori einige Personen in Augenschein, die im Auto, auf dem Gehweg oder an Bushaltestellen rauchten, und verspürte eine ungesunde Freude an der Auswahl seines Kandidaten, das Machtgefühl dessen, der Verfügungsgewalt über andere besitzt. Schließlich las er mit der Hand, die durch einen Handschuh geschützt war, die Zigarettenkippe auf, die ein Mann in seinem Alter gerade vor dem Eingang einer Kneipe weggeworfen hatte, ein Typ, der zweifellos durch das eingeschlagene Fenster seines Büros passen würde. Er fragte sich, wer dieser Mann wohl war, welchen Beruf er ausübte und ob er verheiratet war, wann ihm die Spektrographen und Elektronenmikroskope der Polizei auf die Schliche kommen würden, wie seine Fingerabdrücke beschaffen waren, ob sie einen einfachen oder einen doppelten Bogen, einen Knäuel oder eine Doppelschleife aufwiesen. Vermutlich stand auf der Zigarette ein Teil seines Lebens geschrieben: sein Geschlecht, seine DNA, seine Knochenstruktur, ja sogar sein Alter, welche Krankheiten er gehabt hatte, was er in der Tatnacht gegessen hatte.

Vielleicht war sein Plan ja doch perfekt, wer weiß. Wie

sollten sie darauf kommen, daß die Summe seiner Fallen gleich Null war? Schließlich gab es auf der Welt ungelöste Verbrechen in Hülle und Fülle, waren unzählige Straftäter ungeschoren davongekommen. Und wenn der Plan aus irgendeinem Grund nicht funktionierte? Wenn er einen Fehler beging, wenn seine Nerven versagten? Er dachte wieder an Laura Salinas, wie er ihre Lippen küßte und ihre Haut in sich aufnahm, wie er ihren unberechenbaren Körper entschlüsselte. Und wenn etwas Unvorhergesehenes geschah? Und wenn einer seiner Kniffe direkt zu ihm führte, statt ihm ein Alibi zu verschaffen? Als er im Sívori ankam, hörte er auf, sich selbst zu martern. Er mußte auf der Hut sein, heute abend und morgen abend ebenso, er durfte ausschließlich das tun und sagen, an was die anderen sich erinnern sollten, wenn sie verhört wurden.

Von weitem grüßte er Ángel Biedma, der ihn bereits erwartete, und ging zur Toilette, um das Seifenstück auf das Waschbecken zu legen. Noch war es reines Vorgeplänkel, nichts, was ihn kompromittieren konnte; aber Alcaén war bereits vollkommen verstört, spürte eine untergründige, hämmernde Angst, das gleiche Zittern in den Beinen, den gleichen Krampf im Magen wie vor einigen Stunden, als er im Büro das Kabel des Heizkörpers herausgerissen hatte. Es war eine schmerzhafte Angst, die sich nicht lösen wollte, eine Angst wie aus einem Guß, gegen die er zäh ankämpfte, die er sich mit Feuereifer aus dem Gesicht reißen wollte, wie einer, der Wasser mit einem Eimer aus einem vollgelaufenen Boot schöpft. Als er sich jedoch im Spiegel betrachtete, war er sich so fremd, daß er sich rücksichtslos eine Ohrfeige verpaßte, um dieses zittrige Gesicht zu beschwichtigen, damit die Farbe in diese bleichen Züge zurückkehrte, die in dem schamlosen Licht der Toilette fast übernatürlich wirkten. Die Schläge halfen nicht viel.

Vielleicht würde es ihm bald schon bessergehen, wenn er nämlich erneut aufs Klo gehen würde, um das Blut des falschen Schuldigen aufzulesen.

IX

Eine leere Mine voller Gold

An diesem Vormittag betrat Alcaén Sánchez gegen elf einen Supermarkt«, las Iker Orbáiz. »Er hatte gerade Tauben in der Gaskammer getötet, und es erging ihm wie immer: Die toten Vögel flatterten noch in ihm herum, er wurde dieses Gurren nicht los, dieses Flügelschlagen des Todes, dieses Gekreische, das ausbrach, wenn er das Kohlendioxid einströmen ließ und die Tiere ihr nahes Ende ahnten; er spürte auf den Händen noch den Körper der Vögel, die er mit einer Giftspritze tötete, ihre Reglosigkeit, wenn er die Nadel in sie stach, die Art, wie sie noch fünfzehn oder zwanzig Sekunden kämpften, dann plötzlich zusammenbrachen und schließlich diese unbrauchbare Erscheinungsform annahmen, die allen leblosen Dingen innewohnt.«

»Diese unbrauchbare Erscheinungsform«, sagte Iker. »Vielleicht wäre *verrenkt* besser. Diese verrenkte Erscheinungsform.«

»Er grüßte die beiden Wachmänner, und sie erwiderten seinen Gruß mit einer neutralen, absichtlich undurchsichtigen Geste, die besagte: Wir sind unerschütterlich, wir werden nicht dafür bezahlt, um guten Tag zu sagen, sondern um dir einen Arschtritt zu verpassen. Es handelte sich um zwei düstere, fies dreinblickende Typen, die genauso aussahen wie alle ihre Berufskollegen, mit militärisch kurz geschorenen Köpfen, in denen sich Schildkrötenaugen à la Robert Mitchum, eine herrische Nase, despotische Backenknochen, die Lippen einer ewig säuerlichen Fratze und ein Kinn, das von einem Nazibildhauer gemeißelt schien, zusammenklumpten. Sie trugen flaschengrüne Uniformen, ihre Bewegungen waren massig und arrogant. Sie hatten gesättigte Schultern und Stiernacken, Brustkörbe so breit wie ein Küchentisch und diese harten, unempfindlichen Hände, die zu einem blutverschmierten Schraubenschlüssel passen. Sie unterhielten sich mit angewidertem Gesicht und ohne sich anzusehen, den Blick fest auf einen potentiell verdächtigen Kunden gerichtet. Ihre Gespräche waren wahrscheinlich so flink wie ein Wettrennen zwischen zwei Baggern.

Alcaén fragte sich, ob selbst diese beiden Männer ab und zu von sich selbst träumten. Und er stellte sich die Frage auch hinsichtlich der anderen Leute, die in diesem Augenblick in dem Geschäft umhergingen, Einkaufswagen voller Fleisch und Fisch vor sich herschoben, voller Gemüse und Flaschen, Wurst, Süßigkeiten, Videokassetten, Waschmittel ... Er sah eine Frau, die etwas in einem Heft ausstrich, und eine andere, die ein senffarbenes Kleid trug. Er sah einen Mann, der einen Blick auf seine Armbanduhr warf. Er fragte sich, ob unter ihnen die Person war, die morgen tot sein würde.

Er tat so, als stöberte er in den Regalen, um sicherzustellen, daß die Kaufhausdetektive sich nicht auf ihn stürzten, und dachte an ein zum Verkauf stehendes Haus, das er gerade besichtigt hatte, ein kleines Einfamilienhaus am Stadtrand, das er sich mit seinem Veterinärmediziner-gehalt nie würde kaufen können, genausowenig wie all die anderen Häuser, die er sich in seinen freien Tagen angesehen hatte, die ihm aber das gelegentliche Vergnügen verschafften, den zukünftigen Besitzer zu verkörpern, die Befriedigung, sich eine Stunde lang in diesen glücklichen Menschen zu verwandeln, während er auf seine Balkone trat, seine Schränke öffnete oder in seinem Garten zwischen blauen Hängematten und nachdenklichen Bäumen spazierte. Es machte ihm Spaß, kleine Duftstoffe seines Lebens zu hinterlassen, und manchmal erinnerte er sich an einige der Häuser so, als wären sie tatsächlich in seinen Besitz gelangt.

Dann dachte er wieder an Laura Salinas, die Frau, die er liebte und die er ebenfalls niemals besitzen würde, weil sie zu gut für ihn war oder er zu mittelmäßig für eine Frau ihrer Klasse. Welcher Unterschied bestand zwischen dem einen und dem anderen? Er stützte diesen Gedanken mit einer Bemerkung, die sein Vater einmal gemacht hatte: Niederlagen sind alle gleich, sind homogen, sie lassen sich nicht wie Triumphe von oben nach unten ordnen, nach größer oder kleiner. Wahrscheinlich stimmte das. Er dachte an seinen Vater, vier oder fünf Erinnerungen an das Leben mit ihm blitzten auf, er sah, wie er ihn jeden Morgen in die Schule brachte, wie er sich Fußballspiele im Transistorradio anhörte, wie er einen feuerfesten, graumelierten Mantel anzog, wie er still am Kopfende des Tisches saß und aß; er sah, wie er unaufhaltsam einer Depression verfiel, als er Witwer wurde, wie er sich jede Nacht in seine Schlafkammer zurückzog, um unermüdlich auf einer uralten Schreibmaschine herumzutippen, ohne daß jemand wußte, was oder wozu, bis er ein halbes Jahr später das Zeitliche segnete und man in einer verschlossenen Schublade stapelweise Blätter voller Namen entdeckte, Hunderter von Namen, hinter denen jeweils eine Zahl stand: Manuela García Puigcerdá, 85; José Francisco Azpeitia Ferrer, 79; Carlos Riquelme Urdiales, 62 ... Das hatte er also in all den Jahren abgeschrieben, die Liste der Toten aus der Zeitung. Wie sollte Alcaén sich da nicht noch einmal, noch ein einziges Mal und dann vielleicht nie wieder, die gleichen Fragen stellen, auf die es keine Antwort gab: Warum? Wozu?

Alcaén schlenderte noch einige Augenblicke durch die Gänge des Supermarkts und ging schließlich zur Gemüseabteilung, wartete ab, bis er allein war, und nahm einen Apfel. Er blickte sich um, und als er sicher war, daß niemand ihn beobachtete, spritzte er eine tödliche Dosis Taubengift in den Apfel und legte ihn wieder zu den anderen.

Dann kaufte er Milch und Joghurts, ging zur Bushaltestelle und dachte dabei an die Frau in dem senffarbenen Kleid, an den Mann, der neben einer Pyramide aus Kaffeedosen auf seine Uhr gesehen hatte.«

Iker Orbáiz las sich die Seiten seines Romans noch einmal sorgfältig durch, strich manche Wörter aus, ersetzte sie durch andere und fügte schließlich einige von denen wieder ein, die er entfernt hatte. Mit seiner Geschichte war er allerdings keinen Zentimeter vorangekommen. Verzagt betrachtete er den getippten Text, und es beschlich ihn die verzweifelte Gewißheit, daß es sich dabei um Brachland handelte, um aufgestautes Wasser. Er stand auf, zündete sich eine Zigarette an und ging zornigen Schrittes im Zimmer umher. Was hatte er da eigentlich vor sich? Eine gute Geschichte, der etwas fehlte, sagte er sich. Etwas Großes, Unbestimmtes. Wahrscheinlich war er unfähig, diesen oder sonst einen Roman zu schreiben. Vielleicht mußte er aber auch nur weitersuchen, tiefer und tiefer schürfen, bis zum Grund seiner Figur. Vielleicht hatte Ángel Biedma ja recht, und seinem Werk fehlte es nur ein wenig an Handlung, an Zündstoff, an einer unerhörten Begebenheit? Doch welcher Art? Welche Tat könnte man einem Mann vom Temperament eines Alcaén Sánchez zuschreiben, ohne daß es unglaubwürdig wurde? Wo sie suchen, in welchem dunklen Gesicht oder toten Winkel?

Er warf sich leichte Kleidung über und verließ die Wohnung. Die Nacht war warm, die Seitenstraßen waren feucht und rochen nach Phosphor, Rauchwolken stiegen zum unbarmherzigen Himmel auf. Es war die gleiche Nacht, in der Dostojewski gestorben war, in St. Petersburg, nur achtzig Jahre später. Er machte einige Notizen und ließ es nach einer Weile wieder bleiben. Wozu? Er würde einen Spaziergang durchs Viertel machen und dann ins Sívori gehen, um ein wirres und nutzloses Gespräch mit Ángel Biedma zu führen und nach etwas im Inneren von Alcaén Sánchez zu suchen.

Was war dieses Etwas? Offenbar konnte Iker Orbáiz es noch nicht wissen. Gar nichts wußten sie, weder er noch Ángel. Sie standen auf einer Goldgrube und hielten sie für eine leere Mine.

X

Saturn verschlingt eines seiner Kinder

Eine falsche Anzeige?« fragte Alcaén Sánchez. »Ich bin mir nicht sicher, ob ich weiß, was du meinst.«

Ángel Biedma sah ihn argwöhnisch an. Sie waren im Sívori, und Alcaén hatte ihm gerade zum abermillionsten Mal von den Besichtigungen der Häuser erzählt, von der Befriedigung, die er verspürte, wenn er Schritt für Schritt diese Luxusvillen ablief, die er nie würde kaufen können, von denen er durch einen Abgrund getrennt war und die dennoch ihm gehörten, wenn er darin umherging, die für einige Augenblicke sein waren, wenn er die Zimmer betrat, wenn er einen Fuß auf das edle Holz ihrer Fußböden setzte, wenn er in der Eingangshalle Platz nahm, um sich lange Winterabende mit dem Geruch nach verbranntem Holz auszumalen, laue, von herrlichem Hundegebell aufgeschreckte Julinächte.

»Mann, ist doch ganz einfach. Es handelt sich um ein Experiment, das ich mir habe einfallen lassen, um Iker anzuspornen, um ihm bei einer Geschichte zu helfen, die er gerade schreibt; du sollst doch nur ein oder zwei Zeitungen anrufen und eine Anzeige aufgeben.«

»Eine Wohnungsanzeige.«

»Genau.«

»Für eine Wohnung, die es gar nicht gibt.«

»Richtig. Wenn die Interessenten bei der Adresse ankommen, die du angegeben hast, stehen sie vor einem leeren Grundstück oder einem zerfallenen Gebäude. Damit würdest du dich rächen.«

»Mich rächen? An wem sollte ich mich rächen wollen und warum?«

»Was weiß ich! Weil du immer nur Pech hast«, antwortete Ángel leicht gereizt. »Weil du keine Chancen hast. Wegen allem im allgemeinem und wegen nichts im besonderem.«

»Aber so was würde ich doch nie tun. Ich wüßte gar nicht, warum.«

»Du vielleicht nicht, aber es gibt solche Leute. Ikers Figur ist so einer.«

»Wozu? Was soll ihnen das bringen?«

»Ich glaube nicht, daß sie einen besonderen Grund haben, ich spreche von einem Bedürfnis, von einem Impuls. Und außerdem ist es mir egal, ich will nicht wissen, was sie tun, sondern was man dabei fühlt. Darum geht es mir, du sollst es einfach tun und schildern, was du fühlst. Verstehst du? Ich bitte dich darum, daß du für Iker posierst, als wäre er ein Maler und du sein Modell. Mehr nicht. Vergiß, was du tun würdest oder nicht. Er ist Goya und befiehlt dir, den Saturn zu spielen, da kannst du doch nicht sagen: ›Aber Meister, ich würde nie meinen Sohn verschlingen!‹«

Alcaén tat so, als wäre ihm das alles zu hoch, denn so verhielt er sich gegenüber Iker und Ángel immer, er stellte sich etwas dümmer, als er tatsächlich war, und zwar ähnlich geschickt, wie er Laura gegenüber vorgab, doppelt so klug zu sein. Warum er das tat? Aus keinem besonderen Grund, wie ich vermute, es gehörte einfach zu seinem Charakter. Und kommen Sie mir nicht damit, daß es Sie verwirrt oder daß Sie es nicht verstehen. Kennen Sie etwa den Grund für all Ihre Handlungen? Fast alle Romanfiguren sind perfekt, sind systematisch, gehen nie von *a* nach *c*, ohne über *b* zu gehen, wissen ihren Geist zu erforschen, sich richtig zu dosieren, sie wissen, wann sie eine Liane loslassen und die nächste ergreifen müssen. Wenn Ihr Leben so verläuft, dann bin ich Frank Sinatra und war mit Ava Gardner verheiratet. Nein, Ihr Leben kann gar nicht so verlaufen, denn in Wirklichkeit vrhalten Sie sich wirr und unlogisch, um zwölf Uhr gehen Sie noch völlig kohärent vor und schon um ein Uhr machen Sie absurdes Zeug, Sie sind so mutig und so ängstlich wie alle anderen. Soll ich fortfahren, soll ich Ihnen sagen, daß Sie je nach Situation mal gemein, mal erhaben sind, mal herzlos, mal mitleidig, mal grausam, mal mitfühlend? Vergessen Sie nie, daß ich es weiß. Denken Sie daran, daß ich tief genug gefallen bin, um alles über Sie zu wissen, um klar zu erkennen, daß jeder von uns genauso ist wie alle anderen. Genauso sauber, genauso schmutzig. Und hören Sie doch bitte endlich damit auf, mich ständig zu unterbrechen, ich würde nämlich gern mit der Geschichte fortfahren.

»Was ich von dir will, ist ganz einfach«, sagte Ángel. »Es geht darum, daß Iker von etwas erzählen kann, das dir passiert ist, aber umgekehrt. Ich meine natürlich außergewöhnliche Dinge.«

»Umgekehrt?«

»Ja, in umgekehrter Reihenfolge: Erst erfinde ich, was dir passiert ist, und dann tust du es«, sagte Doktor Biedma mit seiner eintönigen, gleichmütigen Stimme, die so typisch ist für Ärzte, Beichtväter und schlechte Anwälte.

»Einverstanden, ich werde es tun. Ich verstehe es zwar nicht, aber ich werde tun, was du von mir verlangst.«

Er erhob sich, um auf die Toilette zu gehen, weil er gerade einen Gast gesehen hatte, der an der Theke des Sívori mit Gloria sprach und dabei unaufhörlich mit den Händen herumfuchtelte und einen großen Wirbel veranstaltete. Der Mann war etwa fünfzig Jahre alt, von mittlerer Statur, wog um die achtzig Kilo, hatte einen glatten Bart und dunkle Haare, die sich an den Schläfen grau färbten. Er trug eine schwarze Polyesterhose, einen Rollkragenpullover und einen aschfarbenen Trenchcoat. Wobei diese Details für Alcaén überhaupt nicht wichtig waren. Wichtig war, daß Blut über die Hände dieses Mannes lief.

Als er an den Tisch zurückkehrte, war Iker Orbáiz bereits eingetroffen und stellte ihm sofort eine Frage:

»Kann ich dich etwas fragen, Alcaén? Ich hoffe, es macht dir nichts aus. Ich brauche es für meine Geschichte. Leben deine Eltern noch, oder sind sie schon tot?«

»Sie leben noch, Gott sei Dank. Meine Mutter heißt Dolores und ist Diabetikerin. Mein Vater heißt Nicolás und hat einen Juwelierladen. Ich weiß nicht, ob dir das irgendwie weiterhilft.«

Iker stieß einen Seufzer aus und sah ihn traurig an.

»Nein, ich glaube nicht, daß mir das weiterhilft.«

XI

Ein Gewitter bricht los

Das Sonnenlicht war aggressiv, es war ein Licht, das Salz in seine vor Sorge und Schlafmangel entzündeten Augen streute, sie mit sauren Tränen und Unterwasserobjekten füllte: ein Briefkasten, eine Straßenlaterne, eine öffentliche Statue. In dieser Nacht hatte er nicht schlafen können, hatte in dem dunklen Wohnzimmer seiner Wohnung wach gelegen und sich quälende Gedanken darüber gemacht, ob sein Plan, die Versicherungsgesellschaft auszurauben, irgendwelche Mängel oder Fehler enthielt; er hatte an einem akuten Gefühl von Entfremdung gelitten, als wäre das winzige Zimmer, in dem er sich befand, Teil eines zehnmal größeren Hauses, eines riesigen Hauses, in dem alle anderen Zimmer leer waren.

Ab und zu betrachtete er sich fünfzehn oder zwanzig Sekunden lang im Spiegel, bis er sich tatsächlich in einen Fremden verwandelt hatte, in jemanden, dem er dieses nicht wiederzuerkennende, von Erschöpfung und Panik gezeichnete Gesicht zuordnen konnte. Immer wieder nahm er den Mantel vom Bügel, weil er überprüfen wollte, ob das doppelte Futter und die Nähte der Taschen dem Gewicht der Sandtüten standhielten; er vergewisserte sich, ob er alles unter Kontrolle hatte: den Schuh, mit dem er neben dem zerbrochenen Fenster einen Abdruck hinterlassen würde, das Fläschchen mit dem Blut des Verletzten aus dem Sívori, den Schraubenzieher, mit dem er die Schlösser der Koffer zerkratzen wollte, und die Zigarette, die er auf der Straße aufgelesen hatte.

Um halb elf hatte er Laura Salinas angerufen und sie gefragt, ob sie Lust habe, am Sonntag wieder mit ihm auf die Pferderennbahn zu gehen, wie bei ihrer letzten Verabredung. Laura hatte sich zurückhaltend gezeigt und ihm wie immer keine klare Antwort gegeben, sondern einfach nur gesagt, daß sie damals viel Spaß gehabt habe, daß ihr die Schreie der Zocker, der rostige Geruch der Pferde und der nach feuchter Erde gefallen hätten. Dann hatte sie abrupt das Thema gewechselt und ihn gefragt, ob er am Samstag in die Immobilienfirma käme, um die Bürgschaft für das zum Verkauf stehende Häuschen zu hinterlegen. Alcaén hatte ja gesagt.

»Sicher. Ich werde kommen. Und wenn du in der Hölle wärst, würde ich in die Hölle kommen.«

»Danke.«

»Ich meine es ernst.«

»Ja. Kann schon sein.«

»Laura … Hör mal … Laura?«

»Ich bin noch dran.«

»Ich habe große Lust, dich zu sehen.«

Es folgte eine Pause.

»Einverstanden«, sagte sie und legte auf.

Alcaén erinnerte sich an den Abend auf der Pferderennbahn: wie diese unendlich beherrschte und formelle Frau sich bei den Rennen entspannt hatte; wie sie sich bei ihm untergehakt und ihn ganz nah an die Bahn geführt hatte, um sich den Einlauf anzusehen, ihren Jockey anzufeuern und aus vollem Hals den Namen der reinblütigen Pferde zu schreien: »Komm schon, Adelantado, komm schon, komm schon, ja, ja, komm schon!« Oder: »Lauf, Perdido, lauf, auf, auf, auf!« Alcaén beglich alle Wetten mit der Großzügigkeit eines Mannes, der an Suiten und Casinos, an teure Füllfederhalter und goldene Zigarettenetuis gewöhnt ist, und sagte ihr jedesmal, sie sei eingeladen, auch die Rechnung im Restaurant zahlte er. Beim Abschied gab ihm Laura Salinas einen raschen Kuß auf den Mund. Einen leichten Kuß, der kaum spürbar war, aber eine Brandwunde hinterließ; eine Brandwunde, die Tausende Hektar von Alcaén Sánchez verwüstete.

An jenem Morgen aber, als das Sonnenlicht ihm in den Augen brannte und die Angst seine Muskeln spannte, wollte er all dies vergessen, um sich auf das zu konzentrieren, was er vorhatte. Er spürte in den Taschen das Gewicht der zwei Tüten mit dem Sand, den er im Laufe von zwei Wochen Handvoll für Handvoll den Ascheimern der Firma entnommen hatte.

An diesem Tag stellte er auf Autopilot, zollte den Papieren, die er ausfüllte, und den Klienten, die ihm ihre Unfälle erklärten, ihren Rechnungen, den Motor- oder Karosserieschäden ihrer Autos, keine übermäßige Aufmerksamkeit. Er beschränkte sich darauf, sie nicht zu beachten und im stillen zu hassen.

In der Mittagspause war er sorgfältig darauf bedacht, wie immer zu wirken; er versuchte, über dies und das zu sprechen und sich nicht mürrischer oder netter als sonst zu zeigen, nicht scherzhafter oder wortkarger als gewöhnlich. Nach dem Kaffee sah er sich in der Kneipe das Ende der Nachrichten an, zusammen mit einigen Arbeitskollegen, und kommentierte die Sportmeldungen. Nichts an seinem Auftreten war anders, nichts war auffällig. Es war ein ganz normaler Nachmittag, und er war der gleiche Alcaén Sánchez wie immer.

Um fünf ging er Kopien machen, begab sich in das Bad im zweiten Stock, zog sich Latexhandschuhe an, zerbrach vorsichtig die Fensterscheibe und tröpfelte auf einige Scherben das Blut des Gastes aus dem Sívori; er klappte die Sohle der zwei Nummern kleineren Schuhe auf, die er am Vortag abgetrennt, zusammenklappt und in eine Tasche seines Jacketts gesteckt hatte, und setzte, nachdem er sie zuvor mit Wasser befeuchtet hatte, einen Abdruck auf die Außenwand des Gebäudes. Für all dies benötigte er nicht einmal fünf Minuten.

Nachdem er wieder an seinen gewohnten Platz zurückgekehrt war, bearbeitete er Unterlagen und gab sie in den Computer ein. Dann rief er die Anzeigenabteilung an, so wie er es Ángel Biedma versprochen hatte, machte einige persönliche Angaben, nannte die Adresse des vermeintlichen Hauses und diktierte den Wortlaut: »Haus mit vier Schlafzimmern, großem Salon, Eßzimmer, möblierter Küche, zwei Badezimmern mit Fenster, Dachboden, Garage für zwei Autos, Grundstück von 1000 Quadratmetern.« Er fühlte nichts Besonderes dabei.

Um zwanzig nach fünf rief er über das Haustelefon

Señor Montero an. Seine Sekretärin nahm ab. Sie hieß Virginia und hatte rotlackierte Fingernägel. Auf der ganzen Welt gab es vielleicht ein halbes Dutzend Dinge, die schrecklicher waren als ihre Stimme, z. B. Lepra und der Verlust zweier Arme im Krieg, mehr nicht.

»Büro des Direktors. Was wünschen Sieeeee? Virginia Urquijo am Apparat.«

»Virginia, ich bin's, Alcaén. Ist der Chef zu sprechen?«

»Für dich nicht. Für dich ist er beschäftigt. War nur ein Scherz, du Dummerchen. Nicht gleich sauer werden, ja? Ich stelle dich durch.«

Hat Sie dieser kurze Abschnitt womöglich überrascht? Dieses groteske Zwischenspiel? Finden Sie, daß er den Höhepunkt kaputtmacht, daß er den Erzählrhythmus stört? Alcaén Sánchez ging es genauso. Und zwar so sehr, daß dieser kindische Routinevorfall ihn stärker aus dem Konzept brachte als alles andere an diesem Tag, daß er alle seine inneren Dämonen aufscheuchte. Und ich bin sicher, daß Sie verstehen, warum: Seit Stunden war er wie betäubt, kam sich vor wie eine Randfigur, wie unter einer Käseglocke; vorher hatte er sich gegen die Realität gefeit gefühlt, vor ihr geschützt. Jetzt aber zitterten ihm die Hände, krampfte sich ihm der Magen zusammen durch die Lawine, die diese blöde Kuh losgetreten hatte, ihr dummer Scherz, ihre schrille, unscharfe Stimme, denn all dies gehörte bereits zum Vorspiel des Raubs, war die letzte Bastion des alten und ehrbaren Alcaén Sánchez. Nach Virginia Urquijo würde Señor Montero die Szene betreten, und Alcaén würde sich mit den Tageseinnahmen in ein Büro einschließen. Fand all dies wirklich statt?

Als er die Lawine auf sich zurollen sah, als er die drohende Gefahr spürte, lebten all seine Ängste wieder auf, all seine Zweifel. Würde der gezinkte Mantel nicht verdächtig erscheinen? Würde er womöglich Sand verschütten? Und wenn der Direktor ausgerechnet heute die Koffer überprüfte? Er dachte an das zerbrochene Toilettenfenster, an das auf die Scherben getröpfelte Blut und an den Mann, von dem er es hatte. Wer war er und wo war er? Wo war er just in *diesem* Augenblick? Er ballte die Hand um den Hörer, dachte an seine Familie, seine Mutter setzte Wasser auf und zerbrach eine Insulinampulle, sein Vater beugte sich im Hinterraum seines Ladens über einen Ehering, Alcaén stieg vor fünfundzwanzig Jahren auf ein Fahrrad.

»Montero am Apparat!« sagte der Direktor am anderen Ende der Leitung. Er erhielt keine Antwort. »Hallo? Sind Sie da, Sánchez? Hören Sie mich?«

Alcaén steckte die Hand in eine seiner Sakkotaschen und berührte mit den Fingern den Schraubenzieher, den er dort verwahrte. Dann schloß er kurz die Augen. Ihm war, als bräche draußen ein Gewitter los. Ihm war, als hörte er, wie der Regen mit seinen bleiernen Zähnen die Stadt zerkaute.

»Ja, Chef, ich bin's«, sagte er. Und nach einigen Formalitäten begab er sich zum Tresor des Versicherungsunternehmens.

XII

Nie wirst du Ramona Durango vergessen

Ángel Biedma wachte mitten in der Nacht auf. Er hatte einen Albtraum gehabt, an den er sich kaum erinnerte, allenfalls an drei oder vier lose Bilder – ein Turm, eine Frau in roten Hosen, ein Staudamm –, in dem er aber gerannt sein mußte, denn seine Stirn war schweißgebadet und sein Herz pochte wie entfesselt. Vielleicht hatte er sich auch mit jemandem geprügelt, denn seine Armmuskeln schmerzten wie nach einem Ringkampf. Wie immer taten ihm auch die kaputten Knochen seiner Beine und Füße weh. Können Knochen weh tun? Ihm schon, ihn marterten sie: seit er in Barcelona diesen Autounfall gehabt hatte, ließen sie ihn Folterqualen leiden, diese gebrochenen Kniescheiben und zerschmetterten Schienbeine, diese zermatschten Kahnbeine und durchtrennten Sprungbeine.

Er stand auf und ging in die Küche, um sich Milch warm zu machen. Während sie sich auf der Herdplatte erhitzte, nahm er seine Brieftasche vom Kühlschrank, zog den Geldschein heraus, mit dem er die Zeitungen, das Brot und vielleicht ein paar Süßigkeiten zu kaufen gedachte, hielt ihn gegen das Licht und küßte ihn, ein Aberglaube, den er von seiner Mutter hatte: Wenn du sie küßt, kommen sie zurück, hatte sie immer gesagt.

»Ramona Durango«, sagte er und sah zur Decke, als würde sie durch das Aussprechen ihres Namens erscheinen und von oben auf ihn herabfallen. »Wenn du sie küßt, kommen sie ... Was für ein Blödsinn!«

Er erinnerte sich an all die Maximen, an all die Zaubersprüche seiner Mutter, daran, wie peinlich es ihm als Kind gewesen war, wenn sie solche Sachen in der Öffentlichkeit tat, wenn sie geduldig alle Münzen mit dem Kreuz nach oben auf die Theke legte, bevor sie einen Kaffee oder eine Horchata bezahlte, wenn sie auf jede Treppenstufe zur Bank zuerst den rechten Fuß setzte oder im Gemischtwarenladen die Tausenderscheine küßte, bevor sie sie dem Mädchen an der Registrierkasse mit einer Miene überreichte, als erlitte sie einen großen Verlust. Ángel mußte aber auch zugeben, daß er sie nie vergessen hatte, daß er diese Rituale heimlich immer noch praktizierte und daß er im Grunde, und mochte es ihm noch so absurd erscheinen, die verschrobenen Regeln haargenau befolgte: Rieche nie an einer toten Blume, nimm nie ein brennendes Streichholz aus der Hand eines anderen; wenn du Salz verschüttest, wirf dir etwas davon über die Schulter, zähle dreimal bis dreizehn, wenn du einen Leichenwagen siehst, blase Kerzen nie mit geöffneten Augen aus usw., usw., ein ganzer Rattenschwanz von Zauber- und Bannsprüchen. Als er nach seinem Autounfall in Barcelona wieder zu sich gekommen war, hatte er als erstes gedacht: »Was habe ich falsch gemacht? Welchen Gegenspruch habe ich vergessen?«

Er schüttelte den Kopf, während er das Nichts anlächelte: Wie unglaublich Ramona Durango gewesen war, wie eigenartig, wie exzentrisch. Und wie schwer es ihm fiel, ihren Tod zu akzeptieren und sich vorzustellen, daß sie nur noch ein Haufen Staub unter der Erde war. Er stand auf und ging in das Zimmer, in dem sie immer geschlafen hatte, zog einige Schubladen auf, in denen noch ihre Wäsche lag, eine Truhe voller Schuhe, der Schrank, in dem ihre Kleider hingen: Alle Gegenstände kamen ihm vor wie aus dem Drüben, wie das gerade noch sichtbare Ende des Jenseits. »Faß nie die Sachen eines Verstorbenen an«, sagte er sich und schloß die Schranktür.

Wenn er mit Iker Orbáiz im Sívori saß und jeden Schluck Bier in drei Portionen aufteilte oder sein Geld schön aufgereiht auf die Theke legte, war er sich manchmal sicher, daß der Bursche ihm auf die Schliche kommen würde, daß er sein geometrisches System bemerken würde, seinen Zwang, alles in Symmetrien und Konkordanzen zu ordnen, wo nichts dem Zufall überlassen oder Stückwerk war. Doch Iker fiel es nie auf.

Ángel dachte über Iker nach: wie schwer er sich mit dem Roman tat, wie wenig er ihm hatte helfen können. Er fragte sich, was er noch tun könnte. Natürlich war er sich darüber im klaren, daß sein Einfall, den armen Alcaén als Modell für die Geschichte zu nehmen, bislang ein absoluter Mißerfolg war, denn abgesehen davon, daß er ihm nichts von seinen Erfahrungen mit den erfundenen Wohnungsanzeigen erzählt hatte, war er auch noch wie vom Erdboden verschluckt, war seit Tagen nicht im Sívori erschienen, hatte sich nicht einmal die Mühe gemacht, ihn anzurufen. »Dieser verfluchte Schwachkopf«, sagte er sich; und dann, dieses Thema willkürlich mit dem vorigen verknüpfend: »Du wärst nicht so charakterschwach, wenn du der Sohn von Ramona Durango wärst«, womit er weniger Alcaén, als vielmehr sich selbst beschrieb: als zähen, dynamischen, erfahrenen Mann.

Dann dachte er wieder an Iker, sah in ihm die spitzgesichtige Schönheit eines Straßenjungen; einen benachteiligten, aber talentierten Burschen, den zu fördern er sich vom ersten Augenblick an vorgenommen hatte, damals vor zwei Jahren, als sie sich im Sívori kennengelernt hatten. Er erinnerte sich an die zufällige Begegnung, an das erste Gespräch, in dem Iker Orbáiz erzählt hatte, daß er kurz vor Beendigung seines Studiums stehe, und er selbst, daß seine Mutter gerade gestorben sei.

»Ramona Durango ...«, sagte Iker und sah ihn etwas mißtrauisch an. »Das ist ein wunderbarer Name. Da denkt man ... na ja, da denkt man an jemanden, der gleichzeitig sanft und stark ist.«

Daraufhin betrachtete Ángel ihn etwas genauer, seine leicht schurkenhafte Nase, seine grünen, durchdringenden Augen, seinen lauernden, stets etwas defensiven Blick. Hätte er ihn in diesem Augenblick mit einem Wort beschreiben müssen, hätte er aus irgendeinem Grund *Unkraut* gesagt.

»Was noch? Sag, was fällt dir bei dem Namen meiner Mutter noch ein?«

»Laß mich nachdenken ... Eine leidenschaftliche Frau, das auf jeden Fall. Und treu, ausdauernd, vielleicht widersprüchlich. Dieser Name wäre ein guter Ausgangspunkt für eine Geschichte.«

Ángel war gerührt, als er das hörte. Und er war beeindruckt, daß Iker mit so wenig Information so viel erahnt hatte.

»Dann bist du also Schriftsteller? Hast du schon etwas veröffentlicht? Falls ja, würde ich es gern lesen.«

Iker deutete ein ironisches Lächeln an. Ángel konnte seine außergewöhnlich weißen Zähne sehen.

»Wer! Ich? Tja, schön wär's. Hätte ich gern.«

Sie redeten über Bücher, über Autoren, über die ein oder andere Idee, aus der Iker eine Geschichte machen wollte. Ab diesem Moment mischte sich Ángel immer mehr in seine Projekte ein, schlug immer öfter Korrekturen vor, empfahl ihn einigen seiner Privatpatienten, darunter zwei Professoren, eine Herausgeberin von Jugendbüchern und der stellvertretende Chefredakteur einer Zeitung, der Iker schließlich einen kleinen Job anbot: Ob er nicht jeden Tag einen Text von zwanzig Zeilen über einen Schriftsteller, egal welcher Epoche oder Nationalität, schreiben wolle, der an dem jeweiligen Tag gestorben sei. »Heute vor fünfundsiebzig Jahren starb im Sanatorium von Kierling bei Wien der Schriftsteller Franz Kafka«, schrieb Iker. Oder: »Heute jährt sich zum hundertachten Mal der Todestag von Herman Melville, des Schöpfers von *Moby Dick*«; »Heute feiern wir den siebzigsten Todestag des Dichters Antonio Machado, der in der französischen Stadt Colliure verschied«. Und so jeden Abend: Heute starb Mark Twain, heute starb Isak Dinesen, heute starb Lope de Vega, heute starb Marguerite Duras, heute starb Samuel Beckett … Die Bezahlung war mager, aber Iker gefiel der Job, er feilte sorgfältig an seinen Todesanzeigen und schuf sich so seinen exklusiven Friedhof. Wenn ihn jemand fragte, wie er sein Geld verdiente, antwortete er mit vollem Ernst: »Ich bin Totengräber.«

Ángel Biedma hatte ihm natürlich nicht nur diese Anstellung verschafft, sondern half ihm auch oft bei der Suche nach Figuren, stöberte gründlich seine Bücher und Lexika durch und stellte seine eigene Kandidatenliste auf; aber das war noch nicht alles, denn er hatte auch Spaß daran, ihm ab und zu etwas zu schenken, anfangs irgendeine praktische Kleinigkeit, z. B. ein winziges, japanisches Diktiergerät, damit er plötzliche Einfälle sofort festhalten konnte, und später privatere Dinge, besonders Kleidung, erst Accessoires wie einen Schal oder Lederhandschuhe, und dann, als sie sich besser kannten, persönlichere Sachen, einen Pullover, ein Hemd und zu seinem Geburtstag sogar einen Mantel. Manchmal, wenn er ihn mit einem oder mehreren seiner Geschenke am Leib das Sívori betreten sah, erfüllte ihn ein väterlicher Stolz, ähnlich einem Bildhauer beim Anblick einer mit den eigenen Händen gemeißelten Skulptur.

Doch seine Macht schien schwächer geworden zu sein, seit Iker den Roman über den Mann begonnen hatte, der nicht in seinen Träumen auftauchen konnte. Es war eine gute Geschichte, und beide glaubten sie, daß es der Beginn von etwas Wichtigem sein könnte. Offensichtlich hatten sie sich geirrt.

Wie dem auch sei, Ángel dachte gar nicht daran aufzugeben. Früher oder später würde ihm eine Lösung einfallen, da war er sich sicher.

Er trank die Milch aus und legte sich wieder ins Bett. War er schon einmal an einem Stausee gewesen? Oder auf einem weißen Turm? Kannte er eine Frau, die rote Hosen trug? Schlaf nie auf dem Herzen, sonst träumst du vom Teufel.

XIII

Die ganze Wahrheit

Der Taxifahrer hatte das Radio an, aber Alcaén hörte es nicht, weil er gar nicht anwesend war, sondern bei Laura Salinas, eine halbe Stunde später, in der Bar, wo sie sich zum Essen verabredet hatten, und ihr gerade von seinen Gefühlen für sie erzählte und von seinem Raub. Vielleicht auch nicht, vielleicht würde er ihr auch nichts davon erzählen. Wie würde sie es aufnehmen? Würde sie es für einen Beweis seiner Liebe oder schlicht für eine Dummheit halten? Im Geiste hatte er sich schon Millionen verschiedener Reaktionen ausgemalt, manchmal erhob sie sich vom Tisch und schrie, sie wolle ihn nie wieder sehen, manchmal warf sie sich ihm in die Arme, dann wieder lachte sie über ihn oder weinte vor Glück oder fühlte sich schuldig oder zeigte sich gleichgültig oder ohrfeigte ihn. Welche dieser Vorahnungen war die richtige?

Ab und zu versuchte er sich auf den Verkehr zu konzentrieren oder auf die Passanten, doch die Worte, die er Laura sagen wollte, bedrängten ihn, brachen sich an ihm wie Wellen an einer Landungsbrücke, unterspülten ihn mit ihrem mechanischen Auf und Ab, mit ihrer korrosiven Ordnung.

Er versuchte, seiner Angst zu entkommen, mußte aber immer wieder an die Nacht des Überfalls auf die Versicherung denken, wie er bis zum Morgengrauen im Wohnzimmer seiner Wohnung gesessen und sich fürchterlich geschämt hatte beim Anblick der Werkzeuge, die für den Raubzug gedacht waren: der Mantel mit dem doppelten Futter, der Schraubenzieher, die Plastikhandschuhe, die Sandtüten, das Fläschchen mit dem Blut des Gastes aus dem Sívori; als er sie betrachtete und ihm bewußt wurde, daß sie nicht Teile eines Puzzles waren, sondern unzusammenhängende Gegenstände, die nur einen Schluß zuließen: Alcaén Sánchez war ein Feigling.

Vermutlich haben Sie bereits erraten, warum. Vermutlich wissen Sie bereits, daß er es nicht geschafft hatte, das Geld seiner Firma zu entwenden. Er hatte es versucht, aber nicht gekonnt. Er war dagewesen, hatte seinen Mantel geholt, weil der Heizkörper in dem Büro nicht warm wurde, hatte die Koffer auf den Tisch gestellt und das erste Geldbündel entnommen, um es in sein Versteck zu stopfen. Doch dabei war es geblieben. Jetzt, da er im Taxi saß, das ihn zu dem Ort fuhr, an dem er Laura Salinas vielleicht für immer verlieren würde, führte er sich jenen Nachmittag noch einmal vor Augen und sagte sich: »Ich bin nervös, meine Hände zittern, das Geld kommt mir so fremd vor, so unnütz und abstrakt, mir ist kalt, im Zimmer nebenan klingelt ein Telefon«; genau so dachte er, im Präsens, wie auf Postkarten: *Hier ist es sehr heiß, die Kinder gehen spät ins Bett, Juan ist kurz rausgegangen, um die Zeitungen zu kaufen*, als wäre die Person, die die Postkarte erhalten wird, bei uns, nicht woanders, als würde sie sie nicht erst vierzehn Tag später erhalten.

»Scheißstadt«, sagte der Taxifahrer plötzlich. »Morgens Stau, abends Stau, verstopfte Straßen von Ost nach West, von montags bis sonntags. Und es wird schlimmer und schlimmer und schlimmer. Ich sag nur, bei dem Land ist Hopfen und Malz verloren, von wegen Europäische Wirtschaftsunion und das ganze Palaver. Wie Deutschland soll das hier sein? Was bilden die sich ein? Oder wie Frankreich, ausgerechnet Frankreich? Sie können nur hoffen, daß die Straße nicht aufgerissen ist, dann löhnen Sie für die Kutschiererei noch tausendfünfhundert Kröten. Jetzt sagen Sie mir doch mal, wo das noch hinführen soll. Und wissen Sie, wer schuld ist? Der Bürgermeister, sagt meine Alte, und ich sage zu ihr, was zum Teufel hat der Bürgermeister damit zu tun? Himmelherrgott noch mal, ihr seid schuld, ihr Frauen. Nein? Wenn ich's dir sage. Kommt der Göttergatte an und kauft ihr so 'ne Kiste mit Vierradantrieb, und dann haben wir den Salat, sie ganz selbstbewußt in ihrer beknackten Riesenschleuder, und alle anderen können nur noch beten, und komm mir bloß keiner von wegen Macho oder so 'n Humbug, denn was die damit anstellen, ist der reinste Komödienstadl, weil sie nämlich nicht wissen, wie man die fährt, wie man die parkt, da kannst du dem Himmel danken, wenn sie dir nicht reinrauschen und dir das Auto zu Brei fahren, denn dann heißt es schuften, schuften, schuften, von wegen Steuer, von wegen Versicherung, von wegen Lizenz, und dann noch die Blechschäden, und das bei sechstausend und ein paar Zerquetschte Stundenlohn, den sie dir heutzutage in der Werkstatt abknöpfen. Stimmt's oder hab ich recht? Na dann, meine Herren, klare Sache, Schluß mit den Landrovern, Schluß mit den Nissans, Schluß mit den Knallköpfen, die sich das ausgedacht haben, wobei ich die Ehemänner verstehen kann, ist halt 'ne schöne Scheiße, irgendwann halten sie's eben nicht mehr aus und kaufen den Weibern, was sie wollen, wenn die erst mal in Fahrt kommen und dir die Ohren vollheulen von wegen die Nachbarin hat jetzt auch einen und meine Freundin Maria sagt, das ist sicherer für die Kinder … O Mann, das hält ja auch kein Mensch aus. Sklaven sind wir, die reinsten Sklaven, irgendwann kommt deine Alte damit an, da kannst du Gift drauf nehmen, und dann hilft nur noch: Antonios Sonnenfinsternis und leck mich am Arsch. Ist doch wahr, Herrgott noch mal, die sind schlimmer als die ägyptischen Plagen. Auto fahren wollen sie jetzt, nur zu, sollen sie doch so viel Auto fahren, bis es ihnen zu den Ohren rauskommt, aber nicht mit diesen Scheißgeländewagen, nein, nein, nein, Lieferwagen, sollen sie doch Lieferwagen fahren, die wollen doch Gleichberechtigung, oder?, können sie haben, bitteschön, hier hast du einen Citroën und ab zum Schlachter, Fleisch ausfahren. Und wenn das nicht, dann Runden drehen in Jarama, bis es Bums macht wie bei Niki Lauda, mir soll's recht sein, oder die Lichter ganz ausgehen wie bei Ayrton Senna, dann holt man einfach die Reste aus dem Blechhaufen und wirft sie den Hunden zum Fraß vor. Gleichberechtigung wollt ihr? Da habt ihr eure Gleichberechtigung, ihr blöden Fotzen, viel Spaß damit!«

Der Chauffeur, dessen fettige Stimme zu einem Jaulen

angeschwollen war und der zum Abschluß seiner Litanei einmal kräftig mit der Faust aufs Lenkrad geschlagen hatte, sah ihn immer wieder im Rückspiegel an in der Hoffnung, ein Zeichen der Zustimmung zu entdecken, bis Alcaén schließlich zweimal mit dem Kopf nickte und sich schlecht fühlte, weil er nicht widersprochen hatte. Wobei, auf der anderen Seite, warum sollte er diesem Rumpelstilzchen widersprechen? Was hatte dieser Quatsch mit seinem Leben zu tun? Verstohlen musterte er den Fahrer: Er kam ihm vor wie ein zweigeteiltes Wesen, das mitten in einer Metamorphose steckengeblieben war; unten trug er Sportschuhe, Strümpfe mit Rhombenmuster und eine grüne Nylon-Jogginghose mit weißen Seitenstreifen; von der Hüfte aufwärts einen granatroten Strickpullover mit V-Ausschnitt, der entfernt an ein Hemd erinnerte, eine ölblaue Jacke und halbfingrige Chauffeurhandschuhe. Sein Gesicht hatte nichts Geheimnisvolles, wirkte vielmehr wie ein halbgemeißeltes Basrelief oder eine vom Ozean zerfressene Galionsfigur. Alcaén hatte Lust, ihm eine reinzuhauen. Er tat es aber nicht, weil er nie etwas tat.

Als sie ankamen, bezahlte er das Taxi und betrat das Restaurant. Er ging zu seinem Tisch. Laura hielt ihren Blick auf ihn gerichtet, und er suchte nach Verblüffung in ihrem Gesicht, nach Bestürzung in ihren Augen, denn an diesem Vormittag war er nicht verkleidet, trug nicht den Anzug eines reichen Mannes und den Markenpullover, sondern die Sachen des echten Alcaén: einen Pullover, Jeans, eine dunkle Jacke.

»Hallo«, sagte er. Sie sah ihn leicht erstaunt an, wobei

unklar war, ob wegen seiner zweitklassigen Erscheinung oder seiner ernsten Stimme.

»Wie geht's?«

»Laura ... Hör mir gut zu, ich muß dir was erzählen. Ich bin nicht der, für den du mich hältst.«

Und dann erzählte er ihr tatsächlich, wer er war und wie er sie angelogen hatte. Er erzählte, daß er kein Haus kaufen würde, daß er ein kleiner Angestellter in einem Versicherungsunternehmen war und alles andere, was Sie bereits wissen. Laura Salinas tat so, als machte es ihr nichts aus. Er sagte, er liebe sie von ganzem Herzen, aber sie zeigte immer noch keine Reaktion. Alcaén spürte, daß sie sich immer mehr voneinander entfernten, spürte eine Fliehkraft, die ihn unaufhaltsam von ihr wegtrieb. Er versuchte, ihr die gemeinsam verbrachten Stunden in Erinnerung zu rufen, das Mittagessen in dem thailändischen Restaurant, das Abendessen auf der Pferderennbahn. Er suchte nach etwas ganz Bestimmtem, nach etwas, das ihr damaliges Glück bezeugte, aber er fand nichts. Schließlich erzählte er ihr aus lauter Verzweiflung, daß er beinahe die Versicherung ausgeraubt hätte, erläuterte ihr seinen Plan, weil sie es als das erkennen sollte, was es war: der Beweis seiner erhabenen Liebe. Dann verstummte er, saß einfach nur da, erwartungsvoll und regungslos, getrennt von ihr durch die Unendlichkeit von anderthalb Metern.

»Armer Alcaén! Beinahe wärst du meinetwegen im Gefängnis gelandet!« sagte Laura plötzlich, warf heftig den Kopf zurück und stieß ein sarkastisches Lachen aus. Dann holte sie eine Schachtel dunkler Zigaretten aus ihrer Handtasche, zündete am Tischrand ein Streichholz an und wedelte burschikos den Rauch weg. Alcaén war überrascht von diesen leicht anstößigen Gesten, die nicht recht zu ihr passen wollten. Er saß weiterhin stumm da, atmete die mit Tabak- und Phosphorqualm verpestete Luft ein. Vor ihm saß Laura Salinas und rauchte, sie hatte auf einmal etwas Ordinäres und Großkotziges, starrte in die Luft und stellte gegenüber dem, was er ihr gerade erzählt hatte, ein demonstratives Desinteresse zur Schau.

»Also ...«, sagte Alcaén, »ich weiß auch nicht ... Es tut mir sehr leid. Vielleicht willst du mich jetzt nicht mehr sehen.«

Die Frau zog ein Gesicht aus Boshaftigkeit, Spott und Ungläubigkeit. Ihre Augen waren nicht mehr ockerfarben, sondern gelb. So gelb wie der Geschmack einer Zitrone oder das Schlängeln eines Reptils.

»*Vielleicht?* Wer bist du denn, Schätzchen, der König der Optimisten?«

Mehr kam nicht. Kaum hatte sie das gesagt, stand sie auf und ging.

Einige Minuten lang schien sich alles um Alcaén herum einzutrüben, wie wenn im Meer Sand aufwirbelt, und er hatte das Gefühl, daß einige seiner Sinne sich verstärkten, andere sich auflösten: Einerseits wirkten alle Gerüche fern, alle Geräusche gedämpft und alle Umrisse verschwommen; andererseits spürte er auf der Zunge den beißenden Geschmack von Lauras Worten und einen Schmerz in den Fingerkuppen. Einen trockenen und brennenden Schmerz.

Er bezahlte die Rechnung, verließ das Restaurant und

irrte eine Stunde durch die Straßen, bis er schließlich zu Hause ankam. Laura Salinas war noch nie bei ihm gewesen, und dennoch kam ihm die Wohnung jetzt verlassen vor, leer, als wäre Laura gerade für immer gegangen. Er stellte den Fernseher an. Es war von einem Franzosen die Rede, dem man gerade zwei Hände transplantiert hatte, er konnte bereits die Daumen bewegen, und außerdem wuchsen seine Fingernägel wieder. Was fühlt man, wenn man mit den Händen eines anderen Menschen eine Flasche oder eine Gabel greift? Wenn man sich selbst berührt? Alcaén betastete sein Gesicht, schaltete auf einen anderen Sender um, sah Gebäude, die von einem Tornado verwüstet worden waren, zwei Männer, die in einer Garage boxten. Dann machte er den Fernseher wieder aus.

So hätte diese Geschichte enden können. Dieses Bild hätte das letzte sein können, was Sie von ihm sehen, wie er erniedrigt und einsam dasitzt, ein für allemal auf den kleinen Umfang seiner selbst reduziert.

Das ist aber nicht das Ende. Leider hört die Erzählung hier nicht auf. Oder wie es in dem Lied heißt: Wenn du alles verloren hast, heißt das nicht, daß du nicht noch mehr verlieren kannst.

XIV

Vergiftetes Wasser

Ein Überfall?« rief Iker Orbáiz. »Du hättest ihretwegen beinahe dreißig Millionen gestohlen?«

»Tja, also ...«, erwiderte Alcaén, »... fast. Aber Gott sei Dank habe ich mich nicht getraut. Ich habe dir nichts davon erzählt, weil ... ich weiß nicht, weil es aus der Distanz betrachtet so lächerlich erscheint.«

Iker sah ihn sprachlos an, und Ángel Biedma schien aus irgendeinem Grund verärgert. Sie waren im Sívori, seit dem letzten Treffen zwischen Alcaén und Laura Salinas waren zwei Wochen vergangen; zwei Wochen, in denen sich jeder von ihnen um seine eigenen Angelegenheiten gekümmert hatte, allerdings ohne großen Erfolg.

Ángel hatte morgens im Krankenhaus und abends in seiner Praxis gearbeitet, war mit Iker Abendessen, ins Kino und in Glorias Lokal gegangen, immer auf der Suche nach Material für ihn, nach Ideen, die ihm weiterhelfen könnten. Außerdem hatte er fürchterliche Schmerzen in den Beinen gehabt, weil es um diese Jahreszeit viel regnete und ihm das feuchte Klima schwer zu schaffen machte. Er hatte, wie immer, wenn er diesen Kreuzweg beschreiten mußte, ununterbrochen auf den Deppen geflucht, der ihn so zugerichtet hatte, auf den Schwachkopf, der in Barcelona den Unfall verursacht hatte, hoffentlich hatte er sich irgendwann zu Tode gefahren, dieser elende Scheißkerl, hoffentlich hatte er auf irgendeiner Autobahn seinen Löffel abgegeben. Er überstand diese Krisen nur mit Beruhigungsmitteln und siedend heißen Bädern.

Iker wiederum hatte weiter seine kurzen Todesanzeigen geschrieben und viele Stunden darauf verwandt, Ideen zu sammeln und wieder zu verwerfen für die Geschichte des Mannes, der nicht in seinen Träumen auftauchen konnte. Er hatte wirklich hart gearbeitet, aber es hatte nichts genützt, er hatte immer mehr Erde ausgehoben, aber der Graben war einfach nicht tiefer geworden. Er war kaum weitergekommen, seit seine Figur den Apfel in dem Supermarkt vergiftet hatte. Sollte er jemanden sterben lassen? Sollten die Zeitungen eine ganzseitige Todesanzeige bringen? Er dachte ernsthaft an Aufgabe.

Doch kaum war er in die Sackgasse geraten, geschah etwas völlig Unverhofftes. Eines Abends kam Alcaén Sánchez wieder ins Sívori und machte ihnen ein überraschendes Geständnis: Er gebe manchmal falsche Wohnungsanzeigen auf, Lockvogelannoncen, in denen er Häuser anbot, die es gar nicht gab, er zitierte Käufer zu unbebauten Grundstücken, Ödland oder zerfallenen Gebäuden. Eine der Anzeigen hatte er ihm sogar gezeigt: »Haus mit vier Schlafzimmern, großem Salon, Eßzimmer, möblierter Küche, Badezimmern mit Fenster, Dachboden, Garage für zwei Autos, Grundstück von 1000 Quadratmetern.« Er hatte gefragt, warum er das tat, und Alcaén hatte erwidert, er wisse es nicht genau. Gegen wen richtete sich das? Gegen niemanden. Was hatte er davon? Wahrscheinlich nichts, vielleicht war es seine Art, sich für sein Unglück zu rächen, für seine Chancenlosigkeit im Leben. Ihnen gegenüber saß Ángel Biedma und lächelte friedlich, die Augen halb geschlossen, die Hände verschränkt, und strahlte eine Gelassenheit aus, eine geradezu religiöse Heiterkeit.

Unglaublich, dachte Iker, das könnte aus einer meiner Geschichten stammen. Natürlich arbeitete er sie sofort in seinen Roman ein, wo Alcaén die Käufer schon bald nicht mehr nur zu den Grundstücken zitierte, sondern sich in ein nahe gelegenes Café setzte, sie ausspionierte und manchmal verfolgte, ihre Körpermerkmale und Adressen in ein Notizbuch eintrug. Seine Sammlung wuchs schnell an, bald waren darunter affektierte Frauen und verwirrte Männer, neurotische Manager, frustrierte Büroangestellte, Ehepaare mit windpockengeplagten Kindern. Er haßte sie alle, ausnahmslos. Einen Apfel zu vergiften genügte ihm nicht mehr, am liebsten hätte er das Wasser der Stadt vergiftet, sie alle auf einmal erledigt. Schon möglich, daß er es tun würde.

Das Leben des echten Alcaén Sánchez hingegen war in diesen zwei Wochen ein regelrechter Leidensweg gewesen: Er hatte zwei- oder dreimal Laura Salinas angerufen, bei ihrer Immobilienfirma, aber man hatte ihn stets abgewimmelt, sie sei gerade in einer Besprechung, sie betreue gerade einen Kunden, sie habe heute frei, zeige jemandem ein Häuschen vor der Stadt. Er hakte nicht nach, weil er sich sowieso nichts davon erhoffte; er zog sich in sein voriges Leben zurück wie jemand, der wieder ins Nichts fällt, nachdem es ihm kurz gelungen ist, sich an einem Ast, einem Felsvorsprung oder einer rettenden Hand festzuhalten. Er ging wieder von seiner Wohnung ins Büro und von dort ins Sívori. Er besichtigte wieder zum Verkauf stehende Häuser, verkleidete sich wieder als wohlhabender Mann. Und auch ins Museum ging er und kaufte sich eine Postkarte von diesem Goyagemälde: *»Saturn verschlingt eines seiner Kinder.«*

Eines Abends schließlich, während er dem üblichen Gespräch zwischen Iker und Ángel lauschte, als ihm das, was passiert war und beinahe passiert wäre, schon sehr weit weg erschien, fast unwirklich, beschloß er, seinen Freunden davon zu erzählen, vielleicht beflügelt vom Erfolg der von Ángel erfundenen Geschichte mit den betrügerischen Anzeigen, vielleicht auch, weil er ihnen beweisen wollte, daß er nicht nur der war, für den sie ihn hielten, daß der Alcaén Sánchez, den sie sahen, nur die Spitze des Eisbergs war, ein Wolf im Schafspelz.

»Und du warst wirklich in diesem Raum, wo du das Geld zählst, mit den Sandtüten, dem falschen Blut und all den anderen Sachen?«

Er bejahte es, und Iker Orbáiz stieß einen Pfiff aus. Ángel Biedma schien weniger beeindruckt.

»Allerdings«, sagte er wild mit der Hand fuchtelnd, »hat dieser Plan von dir … sagen wir, viele dunkle Stellen. Zum Beispiel hätte dich die Polizei beschattet, vorausgesetzt, sie hätten dich nicht gleich verhaftet.«

»Mich verhaftet? Glaube ich nicht. Wahrscheinlich hätten sie mich nicht einmal verdächtigt. Du darfst nicht vergessen, daß alle Spuren auf jemand anderen deuteten.«

»Und das Geld hättest du auch nicht ausgeben dürfen, denn wenn du ein Haus oder so was gekauft hättest, wärst du sofort aufgeflogen.«

Alcaén senkte den Blick. Ángel Biedmas Ton gefiel ihm ganz und gar nicht.

»Ich hätte natürlich ein bißchen warten müssen«, sagte er, »aber irgendwann … Und selbst wenn ich das Häuschen nicht gekauft hätte, hätte ich zumindest genug Geld gehabt, um Laura wie eine Königin zu behandeln.«

»Na gut, dein Plan war also perfekt. Warum hast du ihn dann nicht ausgeführt?«

Alcaén biß sich auf die Lippen, streichelte den roten Samt seines Stuhls und sah weg. Alles war an seinem Platz, Gloria stand hinter der Theke und spülte Gläser, die Dartscheibe, in der drei Pfeile steckten, hing hinten an der Wand; da waren die bernsteinfarbenen Spiegel, die feierlich aufgereihten Getränke, das Foto von T. S. Eliot und die grünen Lampen. Es lief Musik, eine der Jazzplatten, die Ángel so gefielen und die er Gloria geschenkt hatte, damit sie sie auflegte, wenn er da war, immer Saxophonisten, Männer namens Joe Henderson, Dexter Gordon, Gerry Mulligan, John Coltrane, Hank Mobley.

»Vermutlich … Ich weiß nicht, vermutlich, weil mir der Mut dazu fehlte.«

Ángel sah ihn an, wie man eine Trophäe ansieht. Wie man einen gestauten Fluß oder eine eroberte Stadt betrachtet.

»Mut«, sagte er. »Tja, Mut zu haben ist ganz schön schwer. Der Rest ist einfach, aber das ist tückisch.«

»Vielleicht war es gar nicht das«, mischte sich Iker Orbáiz ein. »Vielleicht war dir die Frau einfach nicht so wichtig. Vielleicht war es nur ein Spiel, wie die Besichtigungen der Häuser, die du dir nie kaufen könntest.«

»Das stimmt nicht! Ich ...« Plötzlich spürte Alcaén einen Knoten im Hals, einen Knoten in einem großen, unbiegsamen Strick, und er sah wieder Laura Salinas vor sich, sah ihr kastanienfarbenes Haar, ihre blassen Hände, ihre ockerfarbenen Augen, ihren unbeschreiblichen Körper. »... das verstehst du nicht ... Ich hätte alles für sie getan.«

»Alles? Niemand kann *alles* tun, weder für andere noch für sich selbst«, sagte Iker.

Dennoch sah er Alcaén nun mit anderen Augen. Er betrachtete ihn mit Respekt. Sicher, er war kein Tierarzt, wollte nicht das Trinkwasser einer Stadt vergiften, er arbeitete nicht als Taubentöter, sein Vater war ein Juwelier namens Nicolás und nicht in seinem Schlafzimmer gestorben, hatte auch nicht über Jahre jeden Morgen, ohne daß jemand davon wußte, die Liste der Verstorbenen aus der Zeitung abgetippt. Doch plötzlich war Alcaén Sánchez jemand, dem all dies hätte passieren können.

»Nein, niemand kann alles tun«, sagte Ángel Biedma schließlich. »Außer ein Verrückter oder ein Mörder.«

XV

Morgen wirst du das Licht der Sonne nicht mehr sehen

Die Frau links hieß Olga. Als sie jung war, lag eine solche Traurigkeit in ihren Augen, daß sich alle, die sie ansahen, gerührt fühlten und sie unter den Jugendlichen ihres Jahrgangs sehr beliebt war. In dieser Zeit besaß sie einen launischen und kindischen Charakter, sie sprach voller Boshaftigkeit und Witz über ihre Freunde und war immer makellos gekleidet, mit dieser etwas hochmütigen Eleganz, die alle anderen herabwürdigt, sie zu Schlampen und Proleten degradieren will. Mit dreißig, nachdem sie ein Dutzend Verehrer abgewiesen hatte, heiratete sie einen Mann mit kantigem Gesicht und strengen Manieren, der immer Grau trug und in seiner ewig verdrießlichen Miene gefangen schien. Olgas Leben verkümmerte, ihre Kleidung geriet aus der Mode, ihre Augen verloschen, und mit der Zeit gab sie sogar ihren majestätischen Gang auf, ihr Schritt wurde unsicher, als überquerte sie auf einer wurmstichigen Brücke eine Schlucht. Anfangs hatte sie versucht, sich an diesen eisernen Mann zu gewöhnen und ihre Ehe geduldig und guten Willens zu ertragen; jeden Sonntag ging sie in die Kirche und fiel dort, erhitzt vom Gold der Statuen und dem überschwenglichen Geruch des Weihrauchs, vor einem Priester auf die Knie und bat Gott, er möge die Strenge ihres Mannes mäßigen. Später, als Groll und Haß bereits Besitz von ihr ergriffen hatten, bat sie, er möge ihn töten und sie von diesem grausamen, unbegreiflichen Wesen befreien. Und tatsächlich starb der Mann nach zwanzig Ehejahren an Krebs, und sie machte sich daran, die Trümmer ihres Lebens zu beseitigen, warf die grauen Hosen und Krawatten in den Müll, ließ die Wände streichen und kaufte sich orangefarbene Schuhe. Einen Monat später, als sie einen Platz überquerte, der in der Nähe eines Marktes lag, um sich in einer Bar mit einigen alten Freundinnen zu treffen, wurde sie von einem mit Kohl beladenen Laster überfahren. Die Kohlköpfe rollten über den Bürgersteig, einer der orangefarbenen Schuhe landete in einer Gasse hinter dem Markt und blieb dort liegen, zusammen mit den Fleisch- und Gemüseresten und leeren Kisten, er sah aus wie ein ungenießbarer Fisch oder eine seltsame exotische Frucht.

Der Mann rechts hieß Manuel und hatte sein ganzes Leben als Gärtner gearbeitet. Er fuhr einen Rasenmäher, schnitt Weinstöcke und Arizonika, pflanzte Tulpen oder Veilchen und richtete die Fliedertrauben auf den Zäunen aus. Nachts, wenn er im Dunkel seiner Wohnung schlief, träumte er von Gerüchen, vom göttlichen Parfüm der Jasmine oder des Geißblatts, vom kalten Kaffeeduft der feuchten Erde. Eines Morgens im Juli verlor er das Gleichgewicht, als er im Wipfel einer Ulme stand, und fiel herunter. Die Herrin des Hauses hörte den Aufprall, dachte, es wäre gerade jemand in den Swimmingpool gesprungen, und ging ins Badezimmer, um Handtücher zu holen. Seine

Frau wusch ihn und legte ihm seinen Feiertagsanzug an, doch als man ihn beerdigte, waren seine Finger immer noch etwas grün gefärbt, und unter den Nägeln steckten Pflanzenfasern.

Iker Orbáiz wußte fast alles über Olga Torres Martínez und Manuel Suárez Sandoval, die beiden Personen, die in den Gräbern neben seinem Vater lagen, weil ihm die Familien der Verstorbenen ihre Geschichte erzählt hatten, mit schmerzensreichen Stimmen und resignierten Gebärden, während sie Nelken oder Chrysanthemen auf den Grabstein legten, an jenen Nachmittagen, an denen er diesen Friedhof besucht, sich an das Grab seines Vaters gestellt und sich an seine Geschichte erinnert hatte: Er sah lose Szenen seines Lebens mit ihm vor sich, er bewegte sich sozusagen zwischen den Wörtern, die ihm am besten gefielen, dem Wort *Rechtschaffenheit*, dem Wort *Scham*, den Wörtern *unannehmbar* oder *Würde*, so wie jemand sich zwischen den Trümmern eines zerfallenen Hauses bewegt; oder er dachte an unwichtige Details, die sich ihm trotzdem mit der Wucht von Inschriften oder Epitaphen eingeprägt hatten, eingemeißelt von den Steinmetzen des Friedhofs. Er erinnerte sich an seine Wutanfälle, sein Pflichtgefühl, seine Disziplin und seine Unnachgiebigkeit; er erinnerte sich an sein blaukariertes Hemd und an sein Rasiermesser mit dem Schildpattgriff, an eine Karwoche in Cádiz und an seinen zwölften Geburtstag, als er nachts wach geworden und aufgestanden war und gesehen hatte, wie er in dem Zimmer, in dem das Fest stattgefunden hatte, allein im Dunkeln stand, zwischen den Luftballons und den Papierschlangen, und die Reste des Festmahls aufaß, Tortenstücke, Sandwiches und Chips, und die halbleeren Cola- und Fantaflaschen austrank. Aus irgendeinem Grund war *das* für Iker sein Vater, dieser Mann, der still die bescheidenen Reste des Banketts kaute.

»Mein Vater hieß Aitor«, sagte Iker zu Ángel Biedma, als er ihn im Sívori kennenlernte, damals, als Ángel ihm von Ramona Durango erzählt hatte. »Aitor Orbáiz. Er hatte ein so genaues Gedächtnis, daß er in einem Gespräch über etwas, das wir fünf oder sechs Jahre zuvor erlebt hatten, noch sagen konnte, wie das Wetter war und was wir anhatten. Er sagte zum Beispiel: ›Erinnert ihr euch noch an damals, als wir in Segovia Wachteln gegessen haben, in einem Restaurant in der Nähe des Aquädukts, an einem Sonntag im Oktober, als es in Strömen regnete und du einen braunen Dufflecoat anhattest, den mit dem schottischen Futter, den ich dir an Weihnachten in einem Laden in der Calle San Bernardo gekauft habe?‹«

»Im Ernst?«

»Er war ein merkwürdiger Mann. Er hatte ein Faible für die absurdesten Dinge und las immer in diesen kleinen Bänden der *Illustrierten Volksenzyklopädie*, über Flugpioniere, Astrologie, Wikinger, Australien, Hemingway, die Nürnberger Prozesse, fliegende Untertassen …«

»Über Hemingway?«

»Ja, ja, ich erinnere mich, daß der Band *Der fabelhafte Hemingway* hieß. Und ich erinnere mich auch an andere Titel: *Hitler ist nicht tot* und *Wo ist Goyas Kopf?* und *Dalí ist nicht verrückt.*«

»Ich glaube, du hast recht: ein sonderbarer Typ.«

»Er hat sein ganzes Leben lang nur über das geredet, was er in diesen Büchern aufgestöbert hat. Er sagte zum Beispiel: ›Weißt du, wie viele Schiffbrüche es in der Geschichte gab?‹ Und dann hat er von ihnen erzählt: daß die *Empire Windrush* dreißig Meilen vor der algerischen Küste sank, die *Birkenhead* vierzig vor Kapstadt, die *Niagara* zwölf vor London; er erzählte, daß der Kapitän der *Titanic* Edward J. Smith hieß; daß das Frachtschiff *Lusitania* im Ärmelkanal von der U-20 torpediert wurde ...«

»Und daran erinnerst du dich noch?«

»Sicher. Hör zu: Der deutsche Leutnant Günter Prien erhielt das Eiserne Kreuz, weil er die *Royal Oak* und die *Repulse* an ihrem Ankerplatz in Scapa Flow versenkt hatte; die *Andrea Doria* wurde vor New York von der *Stockholm* gerammt; die japanischen Matrosen aßen Okashiratsuki-Fisch, um sich vor Unglück zu schützen, und trotzdem starben über hundert von ihnen auf der Insel Gogo... Wie findest du das? Ich wette, du kennst nicht viele Leute, die sich an das Wort *Okashiratsuki* erinnern können.«

»Bravo!« sagte Doktor Biedma, hob die Hände und brach in schallendes Gelächter aus.

»Wie dem auch sei, als er siebzig wurde, entwickelte er plötzlich Schrullen, erst kam das Energiesparen, dann der Sauberkeitswahn. Und schließlich das mit dem Wasser.«

»Das mit dem Wasser?«

»Er sagte, es sei uns nicht bewußt, aber die Welt verwandle sich in eine große Wüste, und wir verschwendeten das Wasser, ohne zu wissen, wie wertvoll es sei, und vor allem ohne uns darüber im klaren zu sein, wie wertvoll es einmal werden würde.«

»Na ja, da hatte er nicht unrecht. Ohne Öl und ohne Kreditkarte kann man leben, ohne Wasser aber nicht.«

»Ja, stimmt schon, aber was er da trieb, grenzte an Wahnvorstellungen. Er beschuldigte uns permanent, überwachte uns, damit wir ja keinen Wasserhahn offenließen; er schlug gegen die Tür, wenn wir uns duschten, warf uns vor, literweise Wasser zu vergeuden; er klebte Zeitungsartikel über Dürren und niedrige Wasserstände von Stauseen an die Spiegel und hatte irgendwann sogar ein Auge darauf, was wir beim Essen tranken. Dann begann er Flaschen zu horten. Er stellte den Kühlschrank voll, die Schränke, den Keller ... Denk nur, er verstaute sie sogar im Kofferraum unseres Autos ... Irgendwann bekamen wir es mit der Angst zu tun, all diese Plastikflaschen wirkten ... ich weiß nicht ... bedrohlich, waren überall, hinter dem Sofa, unter den Betten ... Dann entdeckte meine Mutter, daß er abends, vorm Schlafengehen, immer ein Messer unter die Matratze steckte, um sich gegen Einbrecher verteidigen zu können, die ihm sein Wasser stehlen wollten. Zwei Jahre lebte er so. Schließlich brachten wir ihn in einem Altersheim unter, wo er fünf Monate später starb. Warst du schon mal in einem solchen Heim? Die sind eine Art ... ich weiß nicht, Purgatorium. Dort wimmelt es vor rettungslos verlorenen Menschen, die meisten sind wie Seelen im Fegefeuer, sie leben nur noch deshalb, weil sie nicht tot sind, mehr nicht. Es ist schrecklich. Am meisten hat mich erschüttert, wie sie aßen. Ich weiß nicht, wie ich dir das erklären soll, aber das hat mich am meisten erschreckt, wie sie sich trotz allem ernährten, wie sie sich gegenseitig Brot oder Obst klauten, mit einer unbegründeten Gier, mit einer haltlosen Gefräßigkeit.«

»Was habt ihr mit dem Wasser gemacht?« fragte Ángel. »Was ist mit den Flaschen passiert?«

Iker sah ihn verwirrt an.

»Mit dem Wasser? Na ja, das haben wir getrunken. Ist aber noch jede Menge da.«

»Ja, das könnte ein guter Schluß sein«, murmelte Doktor Biedma. »Die ganze Familie sitzt um den Tisch und starrt die Gläser mit dem anomalen Wasser an. Ich meine, es wäre ein guter Schluß für eine Geschichte. Oder besser noch so: In den letzten Zeilen steht die Frau des Verstorbenen in der dunklen Küche, gießt eine Flasche nach der anderen in den Ausguß und lauscht dem Geräusch des Wassers, das durch die Leitung gurgelt.«

So hatte seine Beziehung zu Ángel Biedma begonnen, und so war sie auch weitergegangen. Natürlich hatte Iker ihm anfangs mißtraut, hatten ihn seine kleinen Aufmerksamkeiten erschreckt, seine Geschenke, die Art, wie er sich immer mehr in sein Leben und seine Projekte einmischte, wie er seine Vorlieben, seine Lektüren, seinen Ehrgeiz zu lenken versuchte. Ángel Biedma rief in Iker Orbáiz den widersprüchlichen Effekt von süßen Getränken hervor, die den Durst steigern, statt ihn zu löschen. Doch mit der Zeit lernte er, mit ihm umzugehen, seine

Gefühle ihm gegenüber zu dosieren, ihn mal als Kameraden, mal als Besserwisser zu betrachten, die meisten seiner Ideen zu verwerfen, die ihm häufig großkotzig und nutzlos erschienen, aber auch seinen großzügigen Charakter zu schätzen, seine guten Ratschläge und die Gespräche im Sívori. Außerdem war er ihm dankbar, daß er ihn bei seinen Bekannten empfohlen und ihm so die Anstellung bei der Zeitung beschafft hatte, diese knappen Todesanzeigen, die er so gerne schrieb und die ihm einen neuen Blick eröffnet hatten, den Blick dessen, der weiß, daß kein Leben sich wesentlich von anderen unterscheidet, aber es tausend Arten des Sterbens gibt. Die meisten Menschen denken, es wäre genau umgekehrt. Sie irren sich. Aitor Orbáiz starb am gleichen Tag wie Azorín. Er selbst würde gern am gleichen Tag wie Marcel Proust sterben, dachte er. Oder am Todestag von Luis Cernuda, am fünften November.

Iker kehrte dem Grab seines Vaters den Rücken zu und hatte wie immer ein ungutes Gefühl, als er an den Mausoleen und Krypten vorüberging, an den Engeln und Zypressen; es war ein Gefühl, als wate er durch Morast, durch Schlamm und faules Wasser.

Er mußte an das Geständnis denken, das ihnen Alcaén Sánchez gemacht hatte, an seinen unglaublichen Plan, die Versicherungsgesellschaft auszurauben, und er fragte sich, ob er das für seinen Roman über den Mann, der nicht in seinen Träumen auftauchen konnte, verwenden sollte oder nicht. Vielleicht irrte sich Ángel Biedma, vielleicht war es ein Riesenfehler, sich bei einem Buch an einem lebenden Vorbild zu orientieren: Menschen sind unergründlich, kaum entschlüsselbar.

Er begegnete einer Frau, die einen Strauß weißer Kamelien in Händen hielt, und einem Mann, der mit den Fingern zählte – Zahlen, Silben? Er betrat eine Bar, bestellte einen Kaffee und empfand eine große Abneigung gegen die Gäste, die um diese frühe Uhrzeit anwesend waren. Vulgäre und plumpe Menschen, sagte er sich, und auch noch stolz darauf. Menschen, die nichts suchten, die nirgends hinwollten. »Vergiß nie: Dinge zu erreichen ist leichter, als sie anzustreben«, hatte ihm Ángel Biedma gesagt.

Dann fiel ihm wieder ein, daß sein Vater ihn einmal dazu verdonnert hatte, einen ganzen Tag ohne Sonnenlicht zu verbringen: Du wirst morgens ins Bett gehen und die ganze Nacht wach bleiben, dann wirst du hoffentlich gelernt haben, was die Dinge wert sind. Wovon war die Rede gewesen? Iker konnte sich nicht mehr erinnern. Vielleicht war es genau der Tag, an dem Aitor Orbáiz begonnen hatte, verrückt zu werden und inmitten seiner apokalyptischen *Rechtschaffenheit*, seiner unverbrüchlichen *Würde*, seiner blödsinnigen *Scham* auf Abwege zu geraten. Vielleicht war es in gewissem Sinn auch der Tag, an dem er zum ersten Mal einen Schritt auf Ángel Biedma zu tat, auf den Mann, der ihm die Beachtung und Zuneigung entgegenbrachte, die er zu verdienen glaubte. Ein mächtiger und leicht zu entwaffnender Mann.

»Siehst du?« hätte er gern zu seinem Vater gesagt. »Du warst keins von beidem.«

XVI

Das zweite Mal

Zwei Wochen später, an einem Mittwoch Anfang Mai, kurz vor Feierabend, saß Alcaén an seinem Schreibtisch in der Versicherungsgesellschaft, als das Telefon klingelte.

»Ja?« sagte er kurz angebunden, weil er dachte, es wäre Virginia Urquijo, die Sekretärin von Señor Montero. Er irrte sich.

»Hallo, Alcaén. Ich bin's, Laura. Laura Salinas.«

Eine dichte, ozeanische Stille trat ein, ähnlich dem Rauschen, das man hört, wenn man eine Schneckenmuschel ans Ohr hält. Dann spürte Alcaén sein Herz, sah, wie es wuchs, überquoll, das Büro überschwemmte und alle Geräusche schluckte: die Gespräche, das Klingeln, die Türen, die Computer. Er versuchte, seinen Speichel zu schlucken, bevor er antwortete; nur war da kein Speichel mehr, sondern Teer, heißer, zähflüssiger Teer.

»Laura ... Ich dachte, du wolltest nie wieder mit mir sprechen. Ich habe dich mehrmals angerufen, aber in der Immobilienfirma hieß es immer ...«

»Ich weiß, daß du mich angerufen hast. Ich weiß aber auch, daß ich dir vertraut habe und du mich angelogen hast.«

Ihre Stimme klang fremd, hatte sich nicht nur verändert, sondern sogar ins Gegenteil dessen verkehrt, was er kannte; sie war dunkler geworden, unduldsamer, härter; und zwar so sehr, daß er sie sich jetzt als stärker, hochgewachsener und nicht mehr so jung vorstellte; ihre Stimme erinnerte ihn an eine traurige Frau, so wie eine leere Kathedrale an einen besiegten Gott erinnert.

»Verzeih mir«, flüsterte er. »Hätte ich es bloß nicht getan.«

»Ja, hättest du mal.«

»Es tut mir so leid, Laura.«

»Weißt du was? Mir tut es auch leid. Ich bedauere, daß ich dich getroffen habe.«

»Sag nicht so was, bitte.«

»Das ist die reine Wahrheit, ich schwöre bei Gott, daß ich bedauere, dich getroffen zu haben. Andererseits ...« Sie machte eine Pause, und er wollte sie nicht unterbrechen: Er harrte lieber der Ereignisse, wartete lieber ab, wohin diese Worte führten. »... andererseits bedauere ich auch, daß ich dich verloren habe.«

Ihr Atem kam stoßweise, wie in Böen bei ihm an, in einem unsteten Rhythmus, als weinte sie. Alcaén fragte sich, ob dieser Satz das bedeutete, was er glaubte. Verzweifelt suchte er nach einem Weg, es herauszufinden, nach einer Möglichkeit, es auszuloten.

»Aber Laura, das stimmt doch nicht. Du wolltest ...«

»Nein, du irrst dich. Du weißt gar nichts, Alcaén, du weißt überhaupt nichts von meinem Leben.«

»Aber über mein Leben weiß ich etwas: Ich weiß, daß es ohne dich keinen Sinn hat.«

»Himmelherrgottnochmal! Wo hast du denn das her?

Aus einer Seifenoper? Versuch ja nicht wieder, mir was vorzulügen, ich warne dich. Einmal reicht.«

Alcaén blickte sich um. Wie seltsam ihm alles vorkam: die Aktenordner, die Mitarbeiter, die Neonröhren, die Schreibtische, die Papierkörbe. Das Herz verrutschte ihm in der Brust.

»Hör mal, wäre es nicht besser, wir treffen uns und reden darüber? Was meinst du?«

»Nein, nein. Du weißt nicht, was du da sagst, das ist unmöglich.«

»Bitte, Laura. Das ist doch nicht zuviel verlangt, ein oder zwei Stunden, wann immer du willst, heute abend, wenn's dir recht ist.«

»Heute abend! Nein, das geht nicht. Außerdem weißt du nicht, daß ich ... Du weißt nicht, daß auch ich nicht ... Hör mal, Alcaén, ich werde jetzt auflegen. Adiós ...«

»Warte!«

Wieder trat Stille ein. Dann führte Laura zu Ende, was sie begonnen hatte.

»Du weißt nicht, daß auch ich nicht immer die Wahrheit gesagt habe.«

»Das ist mir egal. Ich weiß zwar nicht, was du meinst, aber es ist mir egal. Hörst du? Laura, laß uns heute abend essen gehen, ins Restaurant ...«

»Nein, heute nicht. Ich kann nicht. Verstehst du nicht? Ich könnte nicht, selbst wenn ich wollte.«

»Dann morgen. Laß uns zu dem Thailänder gehen. Erinnerst du dich? Sag ja, Laura, gib uns eine zweite Chance.«

Wieder eine Pause. Alcaén warf einen Blick auf die Uhr, die an der Wand hing: sechs Uhr und siebenundzwanzig Sekunden, achtundzwanzig, neunundzwanzig, dreißig. Hatte sie aufgelegt? Einunddreißig, zweiunddreißig, dreiunddreißig.

»Einverstanden«, sagte Laura. »Warte dort auf mich, so gegen zwei. Ich kann's dir aber nicht garantieren. Verstehst du? Ich kann dir nicht versprechen, daß ich komme.«

Die Verbindung brach ab, und Alcaén saß einige Minuten gedankenverloren da, abwesend, fühlte sich so leer wie ein Insekt, das gerade von einer Spinne verschlungen wurde. Dann kam er langsam wieder zu sich, erholte sich allmählich von der Überraschung, richtete sich auf, bis er wieder Alcaén Sánchez war, wie in diesen Zeichentrickfilmen über die Evolution, in denen die Affen sich langsam in Menschen verwandeln, der Australopithecus in den Homo habilis, der Homo erectus in den Neandertaler, der Homo sapiens in den Cromagnon-Menschen ... Er dachte an den morgigen Mittag. Was war besser: Sollte er sich normal kleiden oder den Anzug eines wohlhabenden Mannes anziehen? Lieber mit oder lieber ohne Dunhillpäckchen? Sollte er ihr Blumen mitbringen? Was für Blumen?

Das Telefon klingelte erneut. Er stürzte sich darauf.

»Ja!«

»Virginia Urquijo am Apparat. Vielen Dank, daß Sie drangegangen sind, Señor Sánchez, wo Sie doch so beschäftigt sind. Wenn's Ihnen nichts ausmacht, würde der Chef Sie jetzt gerne sehen, er wartet schon seit einer viertel Stunde. Aber nur keine Hektik, ja? Kein Grund zur Eile, es sei denn, Sie wollen heiraten.«

Er machte sich nicht einmal die Mühe zu antworten. Wozu? Was sollte das bringen? Welchen Sinn hätte es? Er heftete einige Unterlagen und Gesuche ab, räumte seinen Schreibtisch auf und verstaute die Heftmaschine, den Tesafilm, den Locher, die Bleistifte und den Brieföffner in einer Schublade; er machte einige Notizen in seinem Terminkalender. Dann erst brach er wie jeden Abend zum Büro des Direktors auf. Doch diesmal war alles anders. Es erwarteten ihn der Tresor, die gepanzerten Koffer, die Tageseinnahmen, die blauen, roten und grünen Geldbündel. Was sollten all diese Dinge? Warum waren sie so wichtig? Warum kämpften die Menschen um sie, litten ihretwegen, töteten oder ließen töten? Es war eine unglaubliche Welt, in Genf gab sich ein Mann achtzehn Jahre lang als Arzt aus und brachte dann seine Frau, seine beiden Kinder, seine Eltern und seinen Hund um; in Paris hatte man einem Verstümmelten die Hände einer Leiche angenäht, er konnte bereits wieder die Finger bewegen, die Nägel wuchsen ihm. Auf Alcaén Sánchez' Planeten war Laura Salinas für immer gegangen und nun wieder zurück. Das war das einzige, was zählte.

XVII

Drachen und Pagoden

Um halb drei schenkte er sich noch ein Glas Wein ein, zündete eine Dunhill an, studierte die Preise auf der Speisekarte, ging zur Tür des Restaurants, dann die Treppe zu den Toiletten hinunter, zählte nach, wieviel Geld er bei sich trug, und kehrte wieder an seinen Tisch zurück. All dies tat er nun schon zum vierten Mal. Sie wird nicht kommen, sagte er sich, ich bin mir sicher, daß sie nicht kommen wird.

Um drei verwandelten sich die leeren Teller in Eisscheiben, in Grabsteinteile, in stehengebliebene Uhren. Das Personal sah ihn bereits ungeduldig an, und weil er sich rechtfertigen zu müssen meinte, riß er sich zusammen und lächelte sie an, bat mit einer kryptischen Geste um Geduld und Verständnis, zuckte mit den Schultern und verzog den Mund oder wölbte in regelmäßigen Abständen die Augenbrauen und warf die Hände hoch: Sie sehen ja, es ist nicht einfach mit den Frauen, ich warte schon über eine Stunde auf sie, was soll ich machen? Die Belegschaft bestand aus zwei oder drei jungen Männern mit asiatischen Backenknochen, die wie Judokämpfer aussahen, fünf oder sechs Kellnerinnen in blauen Kimonos und chinesischen Holzlatschen und zwei Empfangsdamen, die wie Geishas aufgemacht waren. Die Männer trugen Samuraisandalen und weite Baumwollhosen, die Frauen orientalische Haarknoten, in denen lange Stäbe aus orangefarbenem Holz steckten. Auf ihren Gesichtern lag Gleichgültigkeit, und ihre Kleidung war mit metaphysischen Vögeln und heiligen Bergen verziert, mit roten Drachen und Pagoden.

Um zwanzig nach drei endlich kam Laura Salinas. Sie trug eine Sonnenbrille, einen knochenfarbenen Hänger, einen olivgrünen Pullover und einen Jeansrock. Ihre Lippen waren geschminkt wie am ersten Tag, in einem Farbton zwischen Braun und Kirsch. Alcaén ereilte eine Art Schwindel, sein Magen verkrampfte sich, er spürte eine Mischung aus Aufregung und Übelkeit, wie wenn man in der Achterbahn in die Tiefe rauscht. Sie streckte ihm zur Begrüßung die Hand entgegen.

»Hallo, Laura. Du siehst … du bist so hübsch.«

Sie würgte ihn mit einer widerspenstigen, herrischen Geste ab.

»Alcaén, ich bin nur gekommen, um dir Lebewohl zu sagen. Das ist alles. Verstehst du? Ich will nicht, daß du dir irgendwas erhoffst.«

Ihre Worte klangen nach vorbereiteter Rede, sollten reif und unwiderruflich wirken.

»Mir Lebewohl sagen! Aber ich dachte, du wärst mir nicht mehr böse!«

»Stimmt ja auch: bin ich nicht. Wie könnte ich jemandem böse sein, der mich besser behandelt hat als irgend jemand sonst in meinem Leben.«

»Wo ist dann das Problem? Ich liebe dich von ganzem

Herzen. Ich habe dich angelogen, weil ich dachte … na ja, weil ich dachte, daß du …«

»Du dachtest, daß ich was? Sag's mir, Alcaén. Was dachtest du? Daß es eine Frage des Geldes ist? Dachtest du, ich stünde zum Verkauf, daß ich deswegen mit dir ausgegangen bin, um in solchen Restaurants wie dem hier gratis zu Abend zu essen, damit du mich zur Pferderennbahn mitnimmst?«

»Das stimmt nicht! Ich … ich hätte nur nie gedacht, daß sich eine Klassefrau wie du für jemanden wie mich interessiert.«

»Du hast ja keine Ahnung, was für eine Art von Frau ich bin. Du glaubst es zu wissen, aber es stimmt nicht.«

»Ich weiß, daß ich verrückt nach dir bin, das reicht mir.«

»Du bist verrückt nach jemandem, den es nicht gibt, nach einer erfundenen Frau.«

Eine der Geishas kam an den Tisch, um die Bestellung aufzunehmen, und sie entschieden sich für das Menü, um sich nicht mit Nebensächlichkeiten aufhalten zu müssen. Alcaén hatte den Eindruck, daß Laura Salinas seinen Blick mied, solange die Empfangsdame bei ihnen stand, daß sie nicht sprechen wollte, als fürchtete sie, jemand könnte sie ausspionieren. Wer aber sollte sie verraten und warum?

Laura goß sich ein Glas Wein ein und zog den Pullover aus. Darunter trug sie ein enges, lila T-Shirt mit V-Ausschnitt und kurzen Ärmeln; sie hatte keinen Büstenhalter an, so daß sich die Brüste abzeichneten, kleine, aber feste

Brüste, die hin und her schwangen, wenn sie sich bewegte, wie Meereswogen. Er sah sie kurz an, versonnen, und ließ dann seinen Blick über ihre dünnen Arme schweifen, über ihre schmalen, etwas platten Handgelenke. Über den Ringfinger der rechten Hand, an dem ein Hochzeitsring steckte.

Alcaén spürte einen jähen Schlag in sich, eine Erschütterung wie beim Rückstoß einer Waffe. War der Ring schon immer dagewesen? Konnte es sein, daß er ihn noch nie bemerkt hatte? Er streichelte sich nervös an der Kehle, als wäre nicht ein Ring an ihrem Finger, sondern ein Tau um seinen Hals. Auch Lauras Augen waren auf den Ehering gerichtet.

»Sag mir, daß er tot ist«, keuchte Alcaén und versuchte seine letzten Kräfte zu mobilisieren. »Sag mir, daß du ihn noch trägst, obwohl er nicht mehr lebt. Oder daß es gar nicht deiner ist, sondern lediglich ein Familienschmuck.«

Sie sah ihn sanft und flehend an, so wie man Kinder anlächelt oder Menschen, vor denen man Angst hat.

»Nein, Alcaén, das kann ich nicht. Ich bin verheiratet. Ich wollte, es wäre nicht so.«

Nach diesen Worten trat Stille ein, eine Grabesstille aus Sekunden und Minuten, die vor seinen Augen kristallisierten wie Quarzgestein.

Zwei Kellner brachten das Essen, und eines der Mädchen im Kimono zündete eine Kerze an. Ein Tischnachbar verschüttete ein Wasserglas, und eine Frau neben ihnen trug Delphinohrringe. Das Licht in dem Saal war dämmrig und flüssig. Es roch nach Sandelholz.

Du bist verheiratet, aber immerhin bist du hier, dachte Alcaén, um sich Mut zu machen.

»Vorhin hast du gesagt, daß ich dich …«

»Vergiß es«, unterbrach sie ihn. »Vergiß, was ich gesagt oder nicht gesagt habe, was immer es auch war. Tu dir nicht länger weh, tu mir nicht länger weh, mehr verlange ich nicht von dir. Alles andere ist unmöglich.«

»… hast du gesagt, ich hätte dich besser behandelt als irgend jemand sonst in deinem Leben.«

In ihren Augen blitzte etwas, dann wandte sie den Blick ab und starrte auf den Boden.

»Stimmt, aber das ist nun egal. Alcaén, ich werde jetzt gehen.« Sie nahm ihre Sachen, die Sonnenbrille, den olivgrünen Pullover, den Überzieher; sie beugte sich ein wenig vor, rückte den Stuhl zurück und legte die Hände flach auf den Tisch, als wollte sie aufstehen.

»Egal? Laura, um Himmels willen! Die Wahrheit ist nie egal.«

Er streckte eine Hand aus, um ihre zu ergreifen, doch sie ließ sie reglos liegen, ja, starrte sogar mit verwundertem, ungläubigem Blick die Figur an, die sich aus den ineinander verwobenen Fingern gebildet hatte, als handelte es sich um ein unmögliches Tier oder eine Mutation, um ein auf dem Meeresgrund oder bei einer prähistorischen Ausgrabung entdecktes Wesen. Dann reagierte sie doch noch auf sein Streicheln. Aber plötzlich löste sie sich von Alcaén und sagte:

»Ich sage es noch einmal: Dich zu treffen war das schlimmste, was mir je passiert ist.«

Dann schnellte sie hoch, sah ihn mit zorn- und tränenerfüllten Augen an, machte auf dem Absatz kehrt und flüchtete aus dem Restaurant, als wäre der Teufel hinter ihr her.

XVIII

Die zwei blauen Kinder

Ich habe dir nie die Geschichte meines Vaters erzählt«, sagte Ángel Biedma.

»Nein«, erwiderte Iker Orbáiz, »hast du nie.«

»Sie hat etwas von Tolstoi, weißt du? Oder von Galdós, ja, besser noch Pérez Galdós. Wenn man sie gut erzählen will, braucht man viel Raum und Zeit; man muß mit dem Tag beginnen, an dem der Protagonist geboren wird, und bis zu dem Tag erzählen, an dem er stirbt.«

»Klingt gut. Fang an.«

»Also gut. Mein Vater heißt Gabriel und sah von Geburt an niemandem ähnlich, hatte keinerlei Merkmale seiner Familie, die aus Granada stammte und andalusische Gesichtszüge aufwies: arabische Augen und gegerbte Haut, Adlernase und pechschwarzes Haar, weicher Kiefer und dichter Bartwuchs.«

»Was genau willst du mit *arabischen Augen* sagen?«

»Na ja, ziemlich viel. Ich will damit sagen, daß sie intelligent waren, und natürlich auch ... ich suche nach dem richtigen Wort ... Es muß eines sein, bei dem man automatisch an Nebel denkt ... vielleicht *verhangen*. Ich weiß nicht ... Ist gar nicht so einfach.«

»Wir wär's denn mit *diesig*? Intelligente, diesige Augen.«

»Perfekt! Jedenfalls kam Gabriel mit hellen, fast azurblauen Augen zur Welt und mit extrem blondem Haar, du weißt schon, nicht dieses Strohblond wie in Spanien, sondern dieses nordische Blond, diese ausländische Blässe.«

Ángel machte eine Pause, zündete sich eine Zigarette an, zog ein paarmal daran, ohne den Rauch einzuatmen, und reichte sie schließlich Iker. Wenn das Rauchen war, dann war Fliegenfangen im Garten eine Safari.

»Was ist dann passiert?«

»Sein Aussehen war so außergewöhnlich für diese Gegend, daß ihn vom ersten Tag an alle Welt wie jemand Besonderen behandelte, wie einen überlegenen, unfehlbaren Menschen, der für den Erfolg prädestiniert ist.«

»Genau, und bestimmt hat er sich auch gleich so verhalten.«

»Richtig. Alles drehte sich nur um ihn, ganz fraglos und natürlich, und wie es scheint, bewies das Kind seinerseits eine wundersame Reife. Tatsächlich war der Junge überall die Nummer eins, zu Hause, in der Schule, beim Sport.«

»Hatte er nie Gegner? Bot ihm nie jemand die Stirn oder wollte ihn, wie soll ich sagen, vom Sockel stürzen?«

»Offenbar nicht. Er war gern der General, und die anderen waren gern die Soldaten. So einfach.«

»Ein glücklicher Junge.«

»Du sagst es. Dann aber, als Gabriel elf war, geschah etwas, das niemand mehr erwartet hätte: Sein Bruder wurde geboren. Man gab ihm den Namen Ernesto.«

»War Ernesto auch blond, hatte er ebenfalls blaue Augen?« fragte Iker, den die Geschichte seines Freundes allmählich neugierig machte. Ángel Biedma mußte es bemerkt haben, denn er lächelte naschkatzig und hielt einige Sekunden inne, bevor er mit theatralischer Feierlichkeit fortfuhr:

»Genau so war es. Unglaublich, oder? Die Leute konnten sich nicht erklären, woher diese blonden Kinder kamen, wieso gerade in unserer Familie. Vielleicht stammten sie von einem geheimen Vorfahren ab. Vielleicht vermehrten die Eltern von Gabriel und Ernesto diese Spezies, und es würde bald ein ganzes Bataillon von genialen, unverwüstlichen Kindern geben, von weisen und selbstsicheren Jungs, blauäugigen Eroberern auf goldenen Pferden, die gekommen waren, um den Stamm von Tagelöhnern und Emigranten zu rächen, die Männer und Frauen, die an Erniedrigung und Scheitern gewöhnt waren.«

Iker Orbáiz mußte lachen, weil Ángels Stimme bei diesen letzten Sätzen melodramatisch angeschwollen war und so hochtönend geklungen hatte, als wäre er ein Wochenschausprecher.

»Hat Ernesto Gabriel den Platz streitig gemacht? Hat er entdeckt, daß sein Bruder sein großer Feind war? In diesem Fall wäre es eine biblische Geschichte.«

»Ja, schon möglich. Jedenfalls gibt es darüber viele Versionen. Wie es heißt, wurde Gabriel ab dem Moment, als Ernesto geboren wurde, zu seinem Wächter und Kameraden, nahm sich seiner an und kümmerte sich mit absoluter Hingabe um ihn, mit unendlicher Zärtlichkeit: Er fütterte ihn, badete ihn, ging mit ihm an den Darro, um frische Luft zu schnappen, zum Paseo de los Tristes, zur Plaza Nueva. So hielt er es, bis das Baby drei wurde. Man muß dazusagen, daß Ernesto Gabriel bereits zum Verwechseln ähnlich sah, die gleichen Gesichtszüge besaß, den gleichen Blick; aber auch seine Intelligenz, seine Bewegungen. Sagen wir, daß Ernesto *sich auf Gabriel zubewegte*, ich weiß nicht, ob ich mich verständlich ausdrücke; sagen wir, daß er sich irgendwie Schritt für Schritt in seinen Bruder verwandelte. Und dann passierte es.«

Ángel Biedma hielt erneut inne, trank ein wenig Wasser und rieb seine Beine, die ihm wie immer um diese Uhrzeit weh taten, besonders die Knie.

»Passierte was?« fragte Iker, während er Ángels Hände nahm und sie sanft zu massieren begann.

»Das fand man nie heraus. Eines Abends kam Gabriel nach Hause und sagte, Ernesto sei an der Plaza Nueva in den Darro gefallen. Natürlich war der Junge tot.«

»Scheiße! Hat er ihn umgebracht?«

»Wie gesagt, das kam nie raus. Die einen denken ja, die anderen denken nein, manche Leute behaupten, sie hätten gesehen, wie Gabriel Ernesto schubste, und andere, die schwören, er sei von allein in den Fluß gefallen.«

»Und was war die Version deines Vaters?«

»Er hatte keine. Er hat nie wieder davon gesprochen, sein ganzes Leben lang nicht. Ich habe es erst nach seinem Tod erfahren. Es fällt mir schwer zu akzeptieren, daß der Gabriel, den ich kennenlernte, und der Gabriel aus der Geschichte ein und dieselbe Person gewesen sein sollen.«

»So verschieden waren sie?«

»Mein Vater war ein Versager, ich kann dir versichern, daß er nichts mit seiner Legende gemein hatte. Offenbar war er nach Ernestos Tod nie wieder der gleiche, er löste sich langsam auf, war mit vierzehn weniger rege und einzigartig als mit dreizehn, und mit fünfzehn noch weniger usw. Er vernachlässigte sich, aß zu viel und wurde dick, verlor seine blauen Eigenschaften und seine schöne Gestalt.«

»Als hätte er sich selbst zerstört. Wie jemand, der mit dem Hammer eine Götterstatue zerschlägt.«

»Es fehlt aber noch der merkwürdigste Teil: Als er in die Pubertät kam, wuchsen ihm ganz normal die Schamhaare, so wie bei jedem anderen auch; er bekam einen Bart und ließ ihn wachsen. Und weißt du, wie dieser Bart war? Schwarz! Er war schwarz wie Kohle! Und noch etwas später, mit fünfundzwanzig oder sechsundzwanzig, fielen ihm die Haare aus. Wie du dir denken kannst, war Schluß mit dem blonden Jungen, er war für immer verschwunden, als hätte Ernesto aus dem Grab heraus an ihm gezogen. Weißt du, was ich glaube? Ich glaube, du solltest Gabriel für deinen neuen Roman verwenden.«

»Du hättest nichts dagegen?«

»Natürlich habe ich nichts dagegen. Ganz im Gegenteil, dann wäre sein Leben vielleicht nicht ganz so sinnlos.«

»In diesem Fall: einverstanden. Ich mache es.«

»Sehr schön, Iker, mach es. Verwandle ihn in den Vater von Alcaén Sánchez, deichsle es so, daß die Ereignisse, die ich dir erzählt habe, der Grund dafür sind, daß dieser Unglücksmensch am Ende in seinem Zimmer sitzt und jeden Tag die Kolumne mit den Toten aus der Zeitung abtippt. Die Idee war sowieso schon fabelhaft, aber durch diese Vorgeschichte wird sie noch besser.«

»Darf ich dir noch eine letzte Frage stellen? Was kannst du mir von deiner Mutter erzählen? Kannte Ramona Durango die Geschichte, als sie deinen Vater kennenlernte?«

»Sie kannte sie nicht nur, sondern war sogar in sie verliebt. Ich bin mir fast sicher, daß sie glaubte, sie könne den wahren Gabriel retten, sie könne ihn aus dem Abgrund seiner selbst befreien, von seinem gewöhnlichen Aussehen und seiner mittelmäßigen Arbeit als Postbeamter. Natürlich hat sie es nicht geschafft: Nach zehn Jahren Ehe warf sie ihn raus. Ich war neun, und ab da waren wir allein, sie und ich.«

»Weißt du, was aus ihm geworden ist?«

»Er kehrte nach Granada zurück. Ging in Rente. Starb an Krebs. Nichts Besonderes.«

»Sag mir eins: Glaubst du, daß Gabriel Ernesto tatsächlich umgebracht hat? Glaubst du, daß der Mann, den du kennengelernt hast, den Mut zu einem solchen Verbrechen hatte?«

»Na sicher, jeder kann an diesen Punkt gelangen. Warum nicht? Es hängt davon ab, wie sehr dich die Umstände in die Enge treiben und was du zu verlieren glaubst. Es hängt davon ab, was dir das Leben bietet. So einfach. Wenn man dir einen Löffel in die Hand drückt, rührst du den Kaffee um, und wenn man dir eine Pistole gibt, drückst du ab.«

XIX

Ein noch größeres Wort als Angst

Nach fünf Tagen wollte Laura endlich ans Telefon gehen. Bis dahin hatte Alcaén sie jeden Morgen und jeden Nachmittag angerufen, aber trotz seines Drängens stets die gleiche Antwort erhalten: Sie ist in einer Besprechung, sie ist bei einem Kunden, heute ist ihr freier Tag, sie führt ein Häuschen am Stadtrand vor. Diesmal war es anders:

»Ja bitte?«

»Hallo, Laura, ich bin's, Alcaén. Ich muß dich sehen. Bitte.«

»Was redest du da? Bist du verrückt geworden? Nein, auf gar keinen Fall. Ich habe mich letztesmal doch klar und deutlich ausgedrückt. Wir dürfen uns nie wieder sehen. Es ist gefährlich. Sehr gefährlich«, sagte sie gehetzt, geradezu verängstigt.

»Ich warte in der Cervecería Vizcaya auf dich, in einer Stunde. Weißt du, wo das ist?«

»Ja, weiß ich. Aber ich werde nicht kommen.«

»Laura, hör mir zu: Ich liebe dich. Verstehst du? Ich weiß nicht, was mit dir los ist, ich weiß nicht, wer du bist, und ich weiß nichts von deinem Leben. Eines aber weiß ich ganz genau: Ich liebe dich, ich würde mein Leben für dich geben.«

Eine weite, furchterregende Stille trat ein. Eine Stille wie in einer alten Burg.

»Tu mir das nicht an, Alcaén. Wenn ich dir wirklich so viel bedeute, wie du sagst, dann tu mir das nicht an. Ich bitte dich: Halte dich von mir fern!«

»In einer Stunde werde ich in der Cervecería Vizcaya sein und auf dich warten.«

»Das wird dir noch leid tun, Alcaén. Ich warne dich: Wenn ich komme, wird es dir leid tun, daß du mich dazu gezwungen hast.«

»Nein, bestimmt nicht. Egal, was passiert, es wird mir nicht leid tun.«

Laura legte auf. Ich weiß nicht, ob bei Ihnen schon mal jemand auf diese Weise und unter diesen Umständen aufgelegt hat. Wenn ja, dann wissen Sie, wie Alcaén Sánchez sich in diesem Augenblick fühlte, in welchem Zustand er war, welche Art von Angst sein Herz mit Schlamm füllte, seinen Mund mit Eis und seinen Geist mit Holzsplittern; wenn Ihnen das noch nie passiert ist, können Sie es nicht verstehen, dann geht es über Ihre Vorstellungskraft hinaus, dann kann ich es Ihnen auch mit Worten nicht erklären. Wenn Ihnen ein Wort einfällt, sagen Sie es mir, es muß aber viel größer sein als *Ungewißheit*, doppelt so groß wie *Verzweiflung*, sogar doppelt so groß wie *Angst*, nur dann wäre es das richtige Wort, das Wort, nach dem wir suchen.

Alcaén machte alle Lichter aus und verließ seine Wohnung, entschlossen, sein Leben in die Hand zu nehmen und sein Schicksal selbst zu bestimmen. Es war ein angenehmer, frühlingshafter Tag, ein Tag, an dem die Welt wie ein Bühnenbild wirkt und die Tragödien der Geschichte unbegreiflich erscheinen. Der Himmel verlosch sanft und drosselte nach und nach die Kraft der Dinge: Es war dieser Moment, in dem die Lichter sich dämpfen und die Geräusche ersticken; die Geschäfte schließen allmählich, in den Wohnungen sind die Herde an, und die Badewannen füllen sich, die Männer haben ihre Krawatten abgenommen und sitzen still da, Töpfe dampfen, die Frauen sind müde, und die Kinder ziehen langsam die Schuluniform aus.

Möglich, daß Alcaén etwas bummelte, sich unmerklich an die Ruhe der Welt anpaßte, während er sich fragte, ob all diese Dinge später, wenn er sich daran erinnern würde, das Vorspiel für die Rückeroberung oder für den Verlust von Laura gewesen sein würden. Als er bei der Cervecería Vizcaya ankam, sah er, daß sie ihn, entgegen aller Voraussage, bereits erwartete. Sie hatte dieselbe Sonnenbrille auf wie beim letzten Mal, obwohl es um diese Uhrzeit überhaupt nicht nötig war, und Alcaén sah, daß sie den rechten Arm in einer Schlinge trug, daß ein Verband um ihre Hand lag und der kleine Finger, der Ringfinger und der Mittelfinger geschient waren.

»Aber … was ist passiert?«

»Es ist nichts, nur ein Unfall.«

»Ein Unfall? Was für ein Unfall? Sag's mir, Laura. Sag mir, was für ein Unfall das war. Was ist mit deinen Augen? Warum trägst du eine Sonnenbrille?«

»Weil mich das Licht stört.«

Alcaén hielt sich die Hand vor den Mund. Dann ließ er sie fallen.

»Mein Gott, er hat dich geschlagen! Dieses Schwein hat dich geschlagen!«

»Was sagst du da?« Laura sah nach rechts und nach links, als fürchtete sie, jemand könnte sie belauschen. »Nein, Alcaén, ich bin gestürzt, ich bin ... in der Küche gestürzt ...«

»Daran bin ich schuld, stimmt's? Das ist es, dein Mann hat dich geschlagen, weil wir uns getroffen haben. Jetzt verstehe ich! Wie dumm ich war! Jetzt verstehe ich, warum du so verängstigt warst, warum du gesagt hast, es wäre gefährlich, sich zu treffen.«

»Hör auf, bitte, sprich nicht mehr davon. Ich hatte dir ja gesagt, es geht nicht, ich hatte dir gesagt, du sollst mich vergessen.« Alcaén sah, daß sie heftig zitterte: Sie nahm die Tasse, die vor ihr stand, und verschüttete den halben Kaffee auf dem Unterteller.

»Wir gehen jetzt sofort zur Polizei. Wir werden dieses Schwein anzeigen.«

»Bist du verrückt! Eine Anzeige! Er würde mich umbringen. Das verstehst du nicht, du weißt nicht, wie er ist. Schlag dir das aus dem Kopf, Alcaén. Und ruf mich nie wieder an, hörst du, es ist das Beste, was du für mich tun kannst.«

»Komm mit mir«, sagte er und ergriff ihren gesunden Arm. »Komm mit zu mir, kehr nicht zu diesem Tier zurück. Die Polizei wird dich beschützen, ich werde dir beistehen.«

»Polizeischutz! Liest du denn keine Zeitung?« Sie näherte sich ihm, als wollte sie ihm ein Geheimnis verraten, sie sprach sehr leise, ihm direkt ins Ohr, gereizt, mit seltsam betonten Worten voller Glassplitter. »Was für eine Art Schutz können die mir schon bieten? Jeden Tag wird in diesem Land eine Frau umgebracht, wird erstochen, vom Balkon geworfen oder bei lebendigem Leibe verbrannt; sie werden von Männern getötet, die sie schon zehn-, fünfzehnmal angezeigt haben. Die Polizei nimmt alles auf und schickt sie dann nach Hause, wo diese Männer dann den Rest erledigen. Alcaén, ich flehe dich an: Vergiß mich, das ist das beste, das sicherste.«

»Dieses Schwein, dieser Dreckskerl«, schrie Alcaén erneut. »Dieser verdammte Feigling.« Kaum hatte er es gesagt, konnte er nicht mehr an sich halten, Tränen traten ihm in die Augen. Er wollte ihre freie Hand ergreifen, aber sie riß sich entsetzt los.

»Nein! Mein Schatz, du darfst nicht … ich … ich liebe dich nicht, verstehst du? Ich liebe dich nicht!«

Wie beim letzten Mal drehte sie sich um und wollte flüchten, aber diesmal lief Alcaén ihr nach.

Sie überquerten einige Straßen, die chaotisch und unbegreiflich wirkten, wie immer, wenn man durch eine Stadt rennt, wenn man winkligen Gassen folgt und sich zwischen unnatürlichen Formen und einstürzenden Gebäuden bewegt. Vor einem Portal holte er sie ein.

»›Mein Schatz‹«, sagte Alcaén, der vor Erschöpfung laut keuchte, »du hast mich ›mein Schatz‹ genannt.«

»Nein, nein, alles Lüge. Du weißt nicht, was du sagst,

du irrst dich. Geh weg, Alcaén, kehr zu deinem Leben zurück. Ich bin in großer Gefahr ... Wenn er uns sieht ...«

»Ich bringe ihn um. Wenn er dich noch mal anrührt, bringe ich ihn um.«

»Schscht. Sag nicht so was. Sag es nie wieder. Alcaén, laß mich gehen, ich bitte dich bei dem, was du am meisten liebst.«

Laura streckte ihren freien Arm nach ihm aus, fuhr ihm mit der flachen Hand übers Gesicht und trocknete seine Tränen. Alcaén versuchte sie zu küssen, sie wollte nicht, drehte sich weg und ging los, blieb stehen, kam zurück, ließ sich von ihm umarmen, doch als er sie erneut küssen wollte, verweigerte sie ihm den Mund, trat einige Schritte von ihm weg; dann kehrte sie wieder zu ihm zurück, packte ihn am Jackett, gemeinsam betraten sie den Hausflur, und dort gab sie Alcaén schließlich doch noch den Weg zu ihren Lippen frei, aber nur ganz kurz, vielleicht vier oder fünf Sekunden, dann trat sie ein Stück zurück, stieß ihn brüsk weg.

»Nein!« sagte sie. »Nein ... Ich habe Angst.«

Dann warf sie sich ihm doch wieder in die Arme, knöpfte ihre Jacke auf, nahm Alcaéns Hand und führte sie zu ihren Brüsten, küßte ihn mit wilder Sanftheit, mit gierigem Verlangen, biß ihm verzweifelt so lange in die Lippen, bis das Blut quoll. Dann löste sie sich von ihm, tupfte ihm mit einem Taschentuch den Mund ab, starrte diese schleimige, scharlachrote Flüssigkeit an und sagte: »Wenn es doch nur so wäre, mein Gott, wenn er doch nur tot wäre.«

XX

Der dritte Apfel

Alcaén Sánchez saß in seinem dunklen Wohnzimmer und versuchte sich an einen bestimmten Tag seines Lebens zu erinnern«, schrieb Iker Orbáiz. »Am Vormittag hatte er drei Dutzend Tauben in der Gaskammer getötet, und wie immer fühlte er sich danach unwohl und beschmutzt.

Er wollte weder an die Häuschen denken, die er immer am Wochenende besichtigte, noch an die Anzeigen der Wohnungen, die es gar nicht gab, noch an seinen Vater, wie er die Namensliste der Verstorbenen aus der Zeitung abtippte: Manuela García Puigcerdá, 85; José Francisco Azpeitia Ferrer, 79; Carlos Riquelme Urdiales, 62 … Er wollte an nichts denken, einfach nur dasitzen, reglos, in der veränderten Atmosphäre seiner Wohnung, wollte versuchen, einen ganzen Tag seines Lebens zu rekonstruieren, auch wenn er nicht hätte sagen können, warum.

Als ich zehn wurde, schenkte mir meine Mutter ein Fahrrad, dachte er. Ich wurde an diesem Morgen sehr früh wach, es dämmerte noch nicht einmal. Die Wand in meinem Zimmer war himmelblau gestrichen. Ich glaube, es regnete. Das Fahrrad stand in der Küche und war grün. Dann tauchte meine Mutter in meinem Rücken auf, rieb sich die Augen und sagte: ›Was für ein Frühaufsteher!‹ Um halb neun rief Onkel Luis an. Zum Frühstück gab es eine Tasse Cola-Cao-Schokolade und geröstetes Brot. Ja, es regnete tatsächlich, die Straße roch nach Akazien und feuchten Markisen, die Räder der Autos klangen wie Rasierklingen auf feuchtem Asphalt. Er reihte eins nach dem anderen aneinander, als müsse er unbedingt bis ins kleinste Detail jene verlorene Welt rekonstruieren, bevor er es wagen konnte, die Figuren zu platzieren, die in ihr lebten.

So ging es stundenlang, er saß im Dunkeln und beschwor diesen Tag herauf, ohne zu wissen, ob seine Erinnerungen wahr oder erfunden waren. Die Luft im Zimmer wurde immer stickiger: Er war noch einmal zu dem Gemischtwarenladen gegangen, in dem er den Apfel vergiftet hatte, hatte ihn erfolglos gesucht und schließlich alle gekauft: acht Kilo Äpfel, die nun in der Küche lagen und die Wohnung mit ihrem Geruch nach Rost und Tod durchdrangen.

Nachmittags legten wir das Fahrrad in den Kofferraum, und mein Vater fuhr mit mir aufs Land. Er zog sich eine khakifarbene Cordhose an und ich einen Anorak. Ich bin dreimal gestürzt, meine Knie waren blutig und von Sandkörnern übersät, wie eine zweigeteilte Frucht. Während ich mich ansah, ließ mein Vater wie immer einige Münzen in seiner Hosentasche klimpern.

Alcaén unterbrach sich und ging in die Küche. Er betrachtete die Äpfel und fragte sich, welcher von ihnen das Gift enthielt. Es mußten um die fünfunddreißig oder vierzig sein. Im Laufe des Nachmittags hatte er zwei davon gegessen. Er nahm den dritten und biß langsam hinein. Dann kehrte er an seinen Platz zurück und machte den

Fernseher an. Auf dem Bildschirm erschien ein argentinischer Psychoanalytiker, der erzählte, er habe einmal eine Patientin behandelt, die ihm in jeder Sitzung erklärt habe, wie sie Borges auf einer Straße in Buenos Aires ansprechen wolle: Die Frau sah ihn täglich vorübergehen, immer um die gleich Uhrzeit, vor den Fenstern eines Cafés, in dem sie jeden Nachmittag Stellung bezog, auf ihn wartete und darüber nachdachte, wie sie sich ihm nähern könnte, was sie ihm als erstes sagen sollte.

Bei einem der Stürze ging die Fahrradleuchte kaputt, dachte Alcaén. Mein Vater schimpfte mich einen Dummkopf. Um acht begann es wieder zu regnen, hörte aber gleich wieder auf. Wir fuhren nach Hause zurück. Als es dunkel wurde, traf ich mich mit ein paar Freunden auf einem leeren Grundstück, sie hatten mit Pappkartons und Zeitungen ein Lagerfeuer gemacht, und wir spielten Drüberhüpfen. Wenn man durch die Flammen sprang, hatte man das Gefühl, als versinke man in heißem Wasser.«

Iker Orbáiz las den Abschnitt noch einmal durch. Er fragte sich, ob seine Figur an diesem Apfel sterben würde. Er wollte beschreiben, wie Alcaéns Erinnerungen zurückkehrten, bis er schließlich nur noch ein Bild im Kopf hatte: eine Heuschreckenplage, Tausende von Heuschrekken, die vom Himmel auf eine Ernte herabfielen. Dann zog er sich etwas über und verließ die Wohnung, ging in Richtung Sívori, um Ángel Biedma sein Kapitel zu zeigen.

Wie würde Alcaén sterben? Was würde seine letzte Geste sein? Er mußte an seine Todesanzeigen denken. Pessoa starb am 29. November; Neruda am 23. September, Marguerite Yourcenar am 17. Dezember. Pessoa hatte eine Zirrhose, Neruda Krebs; Marguerite Yourcenar erlitt einen Schlaganfall. Pessoa starb in Lissabon, Neruda in Santiago de Chile, Marguerite Yourcenar in den Vereinigten Staaten, auf der Insel Mount Desert. Pessoas Krankenhaus hieß San Luis de los Franceses; Nerudas Klinik Santa María; und das Sanatorium von Marguerite Yourcenar Bar Harbor.

Iker fragte sich, ob all das wirklich eine Bedeutung besaß, ob es irgendeine Art von Erklärung einschloß. Pessoa schrieb auf einen Zettel: »Ich weiß nicht, was der morgige Tag bringen wird«, um acht Uhr abends des folgenden Tages wurde er blind und murmelte: »Gib mir die Brille.« Neruda wachte plötzlich auf, kratzte seine Pyjamajacke und schrie: »Sie werden erschossen! Sie werden erschossen!« Marguerite Yourcenar dachte, sie sei im Theater und sehe *Madame de Sade* von Mishima, gab einige Urteile über die Schauspieler ab und applaudierte am Ende des ersten und des zweiten Akts; dann holte sie plötzlich tief Luft und riß die Augen weit auf, als hätte sie etwas gesehen, das auf sie herabfiel.

An all dies dachte Iker, als er die Tür des Sívori öffnete.

XXI

Schiffbrüchige auf Tauris

Der Mann war von gedrungener Statur und mittelmäßiger Konstitution; er hatte ein hageres Gesicht, einen kraftlosen Hals, sehnige Hände. Alcaén studierte all das, während er ihn wie jeden Abend der letzten Woche bis zum Bahnhof verfolgte, und er haßte jede Bewegung dieses abstoßenden Mannes, dieses verkommenen Wesens, das Laura nachts schlug, ihr kaltblütig drei Finger brach, sie regelmäßig vergewaltigte. Das hatte ihm Laura Salinas selbst erzählt, mit monotoner Stimme, manchmal kommt er frühmorgens nach Hause, stinkt nach Alkohol, prügelt mich aus dem Bett, packt mich an den Haaren und zwingt mich auf die Knie, sagt zu mir, hol meinen Schwanz raus, du Hure, je mehr ich weine, desto härter ohrfeigt er mich, lutsch ihn mir, los, du Nutte, wenn du schreist, bring ich dich um.

Sie stiegen in denselben Waggon ein. Laura Salinas' Mann schaute aus dem Fenster, schaute in das Dunkel eines Tunnels. Alcaén schloß die Augen und sah, wie er seine Frau verprügelte, manchmal muß ich es ihm vier- oder fünfmal besorgen, wenn er sturzbetrunken ist, läßt er gern die Vorhänge auf und die Lampen an, damit uns die Nachbarn sehen können, steck ihn dir tief rein, du Hündin, wenn du schreist, bring ich dich um.

Alcaén hatte seine rechte Hand in der Hosentasche, trug einen Latexhandschuh. Er befingerte den Engländer, den er im Supermarkt gekauft hatte, neben vielen anderen Sachen, damit es nicht so auffiel; er hatte ihn an der Pappe angefaßt, in die der breitere Teil verpackt war, um sicherzustellen, daß die Kassiererin ihre Fingerabdrücke auf dem Griff hinterließ, Abdrücke mit einfachem oder gespanntem Bogen, zufällige Abdrücke mit einfacher Spirale, Doppelschleife, Knäuelform.

Lauras Ehemann hieß Antonio Vázquez und führte eine Lotto-Annahmestelle, einen kleinen Laden für Tipper, in dem man Totoscheine, Lotterieanteile, Dauerlose und solche Sachen kaufen konnte. Dort sah ihn Alcaén zum ersten Mal, er betrat sein Geschäft, nahm einen Totoschein, studierte ihn und füllte ihn schließlich aus: Real Madrid-Santander, eins; Barcelona-Celta, eins; Deportivo La Coruña-Celta, null; Valladolid-Athletic Bilbao, zwei. Dann suchte er im Gesicht nach den Eigentümlichkeiten des Monsters, nach den Merkmalen des Peinigers, den Linien des Bösen. Seine grünliche Haut ekelte ihn an, sein öliges Haar, seine schmutzigen, safrangelben Zähne verursachten ihm Übelkeit. Er fragte sich, wie Laura in die Fänge eines solchen Mannes geraten konnte, aber auch, ob er es wirklich wissen wollte.

Beim zweiten Mal hatte er ihn nach Feierabend verfolgt und seinen Weg nach Hause unter die Lupe genommen, zu der bescheidenen Gegend am Stadtrand, wo sie wohnten, in einem roten Klinkerbau, den Alcaén mit blinder Wut betrachtete: Dort mißhandelst du sie also, du Schwein, dort erniedrigst du sie, vielleicht schon heute nacht wieder, dreh dich um, du Nutte, mach das Licht an, wenn du mich anzeigst, reiß ich dir die Eingeweide raus, schlitze ich dir das Gesicht auf.

Der Zug näherte sich Antonio Vázquez' Haltestelle. Wenn er einfuhr, würde es etwa Viertel vor neun sein. Um neun erwartete Alcaén einen Anruf von Ángel Biedma auf seinem Handy; er hatte ihm, bevor er die Versicherungsgesellschaft verließ, gesagt, er solle ihn genau um diese Uhrzeit zu Hause anrufen, weil er ihm etwas über die falschen Anzeigen erzählen wolle. Ángel würde die Nummer seiner Wohnung wählen, doch Alcaén hatte die Weiterleitungsfunktion aktiviert, damit das Mobiltelefon klingelte. Er vergewisserte sich, daß er es bei sich trug, zusammen mit dem kleinen Aufnahmegerät, der zweiten Hälfte seines Täuschungsmanövers.

Der Zug hielt an. Antonio Vázquez stieg mit den anderen Fahrgästen aus, und Alcaén folgte ihm. Jetzt würde er die Bahnhofshalle durchqueren, bis zu einem kleinen Platz gehen, dann weiter bis zu einem öffentlichen, fast immer menschenleeren Park, in dessen Mitte sich die Statue einer Göttin erhob und den er jeden Abend durch ein Seitentor betrat, um ihn durch den geöffneten Haupteingang am anderen Ende wieder zu verlassen. Nur diesmal nicht: Alcaén Sánchez griff ihn von hinten an, als er dreißig oder vierzig Schritte zurückgelegt hatte, schlug ihm mit dem Eisenschlüssel aufs Genick, und als er fast geräuschlos zu Boden fiel, schlug er noch einmal zu und dann noch einmal, mit Wut, mit Haß.

»Immer noch Lust, einen geblasen zu kriegen, du Dreckschwein?« sagte er und spuckte auf den bereits leblosen Körper, der zu seinen Füßen lag, bevor er die Waffe neben ihn warf.

Eilig lief er den Weg zum Bahnhof zurück. Er sah auf die Uhr: Es war bereits neun, und er mußte noch in eine Telefonzelle, um den Straßenlärm zu dämpfen, wenn Ángel Biedma anrief. Zum Glück war die Kabine leer. Um zwei nach neun klingelte das Handy, Alcaén setzte die Kassette in Gang, auf der er Fernsehwerbung aufgenommen hatte, und hielt das Telefon daran.

»Ja, bitte? Hallo, Ángel! Donnerwetter, das nennt man pünktlich, es ist zwei nach neun«, sagte er ostentativ. »Warte eine Sekunde, ich werde den Fernseher leiser stellen. Hör mal, wollen wir uns gleich im Sívori treffen, was hältst du davon? Ja, nur wir beide, natürlich. Ja, ich glaube auch, daß Iker nichts gemerkt hat. Du brauchst mir nicht zu danken, ich stehe euch stets zu Diensten. Einverstanden, dann springe ich schnell unter die Dusche und gehe los.«

Vielen Dank für das Alibi, du Schwachkopf, sagte er im Geiste zu Ángel Biedma, während er ein Taxi anhielt, um zu Glorias Bar zu fahren. Bevor er eintrat, würde er noch irgendwo auf die Toilette gehen, seinen Kopf unter den Wasserhahn halten, um im Sívori so aufzutreten, als käme er direkt aus der Dusche, als käme er gerade von zu Hause, wo er gar nicht gewesen war, wo ihn aber Ángel Biedma, wie er nötigenfalls aussagen würde, zur Tatzeit angerufen hatte, ja, Herr Inspektor, ich erinnere mich genau, es war kurz nach neun, nein, Herr Inspektor, ich bin mir sicher, daß ich ihn angerufen habe, er war in seiner Wohnung, schaute Fernsehen.

Alcaén sagte sich, daß es einfach war, einen Menschen zu töten. Es war sogar einfach, es zu vergessen. Er fühlte sich nicht gut, aber auch nicht schuldig, er hatte einen Akt der Gerechtigkeit vollzogen, eine natürliche Tat vollbracht, so natürlich, wie ein Raubtier zu jagen oder ein Insekt zu zertreten. Das war die einzige Wahrheit, die ihn interessierte. Laura Salinas war jetzt frei, war sein.

Antonio Vázquez blieb unter den Bäumen liegen, bäuchlings, die Hände flach auf dem Boden, die Augen ausgeschlachtet; reglos lag er da, ausgestreckt neben der Statue, bei der es sich um die Göttin Diana handeln mußte, da sie Bogen, Pfeile und Köcher trug. Diana war die Tochter von Zeus, die Schwester von Apollon, die Herrin der Hundemeute und der Jagd, unempfindlich gegen die Begierde. Es heißt, die Bewohner von Tauris hätten ihr zur Ehren alle Schiffbrüchigen geopfert, die das Meer an die Küsten ihres Landes spülte.

XXII

Ein neues Leben

Am dreißigsten Juli verließ Alcaén gegen sieben die Versicherungsgesellschaft, ging kurz zu Hause vorbei, um sich umzuziehen, warf einen Karton mit alter Kleidung in einen Container und fuhr zur Cervecería Vizcaya, um sich mit Laura zu treffen, so, wie sie es vor dem Verbrechen vereinbart hatten. Sie hatten sich seit über einem Monat nicht gesehen, und für ihn war diese Zeit in zwei Hälften geteilt gewesen: Einerseits war da die Angst, eine gräßliche, unauslöschliche Angst, die Alcaén mitten in der Nacht aufschreckte, von Panik und Schauern erfüllt, so daß ihm jeden Morgen die Beine unkontrolliert zitterten, wenn er runter zum Zeitungskiosk ging, und daß sein Herz, wenn er sich setzte, um die Zeitung zu lesen, so heftig pochte, als schlüge ein Rammbock gegen die Wände eines leeren Hauses, ein Rammbock, der Außenwände durchbricht, Trennwände einreißt, alles so zerstückelt, bis es klein genug ist, um in das Wort *Zerstörung* oder das Wort *Vergessen* zu passen. Bis dato war Alcaéns Delikt noch nicht aufgeklärt worden, die Polizei analysierte die Spuren, die man auf der Mordwaffe gefunden hatte, versuchte Zeugen aufzutreiben. Bislang hatten die Zeitungen Laura Salinas nicht erwähnt, hatten überhaupt kaum über den Vorfall berichtet, gerade mal eine Spalte auf Seite eins und später noch zwei Kurzmeldungen, Lottoverkäufermord noch nicht gelöst, scheinbar gibt es kein Motiv, es ist nicht auszuschließen, daß es sich um eine Abrechnung handelt oder daß das Opfer mit jemandem verwechselt wurde. Und dann schrieben sie gar nichts mehr über Antonio Vázquez. Der Fall war abgeschlossen, wie so viele jeden Tag, die ungesühnt bleiben.

Die zweite Hälfte von Alcaéns Existenz war nicht von der Angst bestimmt, ganz im Gegenteil: Er fühlte sich glänzend, glücklich, zuversichtlich. Er hatte gerade seine Wohnung gestrichen, die Wände in einem sanften Ockerton, der zu Lauras Augen paßte, und die Decken weiß. Er hatte im Wohnzimmer zwei Büchervitrinen aufgestellt, einen großen Teil seiner Ausstattung erneuert und mehrere Markenpolohemden und drei neue Anzüge im Schrank, fünfzig Prozent seiner Kommodenschubladen waren mit nagelneuer Unterwäsche gefüllt. Die anderen fünfzig Prozent waren frei, in Erwartung von Lauras Sachen, denn so hatten sie es ja beschlossen, als sie gemeinsam den Plan gefaßt hatten, Antonio Vázquez zu beseitigen: Sie würden diesen satanischen Ort verkaufen, jenes entsetzliche dunkle Gefängnis in einem unschuldigen Wohnblock. In zwei oder drei Jahren würden sie auch seine Wohnung verkaufen, und mit dem Betrag aus beiden Geschäften würden sie sich ein Häuschen leisten können, eines jener Reihenhäuser, nach denen sie sich so sehnten. Konnte man mehr verlangen? Er hatte die Prinzessin, von der er immer geträumt hatte, und bald schon würde er auch seinen Palast haben.

Alcaén warf einige Videos und Zeitschriften in den Müll, strich in seinem Terminkalender die Nummer eines Bordells aus, das er ab und zu aufgesucht und von wo aus man ihm in manchen Morgenstunden Mädchen vorbeigeschickt hatte. Er erinnerte sich an einige von ihnen, schöne oder vulgäre Frauen, Spanierinnen oder Südamerikanerinnen, Weiße oder Schwarze, die sich anfangs, während sie das Geld zählten oder die Kreditkartenformalitäten erledigten, außer Schußweite gehalten hatten, unangreifbar, versteckt hinter einer professionellen Lockerheit, einer vorbeugenden Teilnahmslosigkeit. »Wenn du bitte hier unterschreiben würdest«, sagten sie mit hygienischer, distanzierter Stimme; »Wenn du erlaubst, würde ich gern einen Ausweis sehen, deinen Personalausweis oder deinen Reisepaß.« Sobald das Geschäftliche erledigt war, änderten sich ihre Stimme und ihre Haltung schlagartig, legten sie kundig Hand an das Geschlecht, streichelten es, zogen einen Reißverschluß herunter oder knöpften mit heißen, zügellosen Fingern einen Knopf auf, sagten, »das gefällt dir doch, mein Schatz, so hast du's doch gern?«. Alcaén schüttelte den Kopf, um diese Schäbigkeit zu verscheuchen, um sie ein für allemal aus seinem Leben zu verbannen.

Statt dessen hatte Alcaén diese zwei langen Wochen mit Lesen verbracht. Er hatte jede Menge Bücher gekauft, einige Neuerscheinungen und einige der Klassiker, von denen Iker Orbáiz und Ángel Biedma häufig sprachen, hatte sie mit unermüdlichem Eifer verschlungen und in seine Vitrine gestellt. Er wünschte sich sehnlich, mit Laura über diese Bücher zu sprechen. Er wünschte sich, daß sie die Mitte seines neuen Lebens einnahm.

Natürlich war er mehr als einmal versucht gewesen, sie anzurufen in diesen endlosen vierzig Tagen und Nächten. Er rief sie aber nicht an, teils, um ihr zu beweisen, wie standhaft er war, teils, weil sie beide überzeugt waren, daß die Polizei das Telefon der Witwe abhörte, wie Laura sich, vielleicht als Vorgeschmack auf ihre künftige Freiheit, mit einer gewissen Bosheit selbst genannt hatte an jenem Nachmittag, an dem sie die Ermordung ihres Mannes ausgeheckt hatten.

Jetzt würden sie sich endlich wiedersehen. Alles hatte sich in Wohlgefallen aufgelöst, die Gefahr hatte sich verzogen. Irgendwann in diesen Tagen würde er sie abends ins Sívori ausführen, und seine Freunde würden von ihr überwältigt sein. Er würde mit Laura zurückkehren, hoch dekoriert, wie ein König, der in einem Hafen seines Landes anlegt, um nach einem langen Exil seinen Thron zu beanspruchen, denn während seiner Quarantäne, die er mit Lesen und dem Renovieren seiner Wohnung zugebracht hatte, ängstlich darauf bedacht, warum auch immer, keinen Verdacht zu erregen, war er in immer größeren Abständen in Glorias Bar gegangen und hatte, wenn er dagewesen war, Ángel und Iker gegenüber kein Wort über Laura Salinas verloren, und auch sie hatten nicht wieder nach ihr gefragt, weil sie sich wie besessen mit dem Roman beschäftigt hatten und alles andere sie nicht interessierte. Alcaén hatte nicht darunter gelitten, sondern sich im Gegenteil innerlich selbst beweihräuchert für seinen

Mut, seine Diskretion und sein Geschick. Wenn dieser Geck von Ángel Biedma wüßte, wer er war und was er getan hatte!

Warum auch sollte das alles wichtig sein? Nein, es war nicht wichtig, sagte er sich, während er an dem Hauseingang vorbeikam, wo er Laura Salinas geküßt hatte, wo er ihre übermenschlichen Brüste gestreichelt hatte; nichts war wichtig, da er bereits aus fünfzig oder sechzig Meter Entfernung das Schild der Cervecería Vizcaya sichtete und folglich seine wunderbare Zukunft.

Er holte sein Dunhillpäckchen heraus, das jetzt tatsächlich zu ihm gehörte, und zündete sich eine Zigarette an. Und dann erinnerte er sich an die Bettlaken, den anderen Einkauf, den er neben den Büchern, den Polohemden, den Vitrinen und den Anzügen getätigt hatte: Bettlaken, erlesene Bettlaken aus Seide, grün, purpurn, blau; Bettlaken allererster Güte, die Laura Salinas' natürlicher Lebensraum sein würden, die natürliche Ergänzung ihres nackten Körpers.

Er betrat die Cervercería Vizcaya zehn Minuten zu früh. Es war voll, weil Freitagabend. Er ging nach hinten durch, dorthin, wo sie das letzte Mal gesessen hatten, und suchte nach einer Haltung, die sie bei ihrer Ankunft erblicken sollte, eine Hand in der Hosentasche, zwei Hände auf der Theke, stehend, auf einem Hocker sitzend, von hinten, im Profil, mit den Ellbogen auf dem Tresen … Er wählte eine dieser Haltungen aus, bestellte eine Flasche Bier und schickte sich an zu warten.

Er wartete und wartete, eine Stunde, zwei Stunden,

zweieinhalb Stunden. Er wartete, bis keiner mehr da war. Er wartete, bis die Kneipe zumachte, bis unumstößlich feststand, daß Laura Salinas, aus welchem Grund auch immer, nicht zu der Verabredung erscheinen würde.

XXIII

Alle lügen sie

Es fiel ihm nicht schwer, Iker Orbáiz zu überreden, Laura Salinas aufzusuchen, aber es war gar nicht so einfach gewesen, auf diese Idee zu kommen, die ihm ganz plötzlich eingefallen war, in einem Augenblick, in dem er aufgrund des Schmerzes und der Müdigkeit ganz benommen war, in einem Moment, in dem er bereits alles verloren glaubte; und dann war es passiert, und nun stand er da, gleich neben ihm, und es war, als wäre er im Dunkeln mit jemandem zusammengestoßen. Iker Orbáiz: Er würde zweifellos ein guter Bote sein.

Bevor er aber auf diese Lösung gekommen war, nach zwei Tagen absoluter Schlaflosigkeit, dem Freitag und dem Samstag, an denen er nicht einmal für eine Minute eingenickt war, hatte Alcaén das Thema hin und her gewälzt, hatte es auf alle Möglichkeiten und Unmöglichkeiten abgeklopft, hatte so viele vernünftige und schwachsinnige Erklärungen ausgesponnen, so viele unheilvolle Fragen und unselige Antworten, daß er an irgendeiner Stelle seiner Höllenfahrt ernsthaft geglaubt hatte, er würde verrückt.

Die beste all seiner Schlußfolgerungen war, daß Laura aus irgendeinem trivialen Grund nicht zu der Verabredung hatte kommen können oder einfach nur, weil sie Angst gehabt hatte, eine böse Vorahnung; oder weil sie bemerkt hatte, daß sie immer noch beschattet wurde, und ihn nicht gefährden wollte. Seine schlimmsten Vermutungen jedoch waren schrecklich, besonders zwei davon: Im ersten Fall war etwas Schwerwiegendes passiert, sie war in einem Sanatorium, krank, vielleicht schwer verletzt, lag auf der Intensivstation; oder sie war festgenommen worden, saß in einer Zelle, hatte die ganze Schuld für den Mord auf sich genommen, aus Treue zu ihm, um ihn nicht reinzureiten; bei der zweiten Möglichkeit hatte ihn Laura offensichtlich reingelegt, hatte ihn verführt und benutzt, um sich von Antonio Vázquez zu befreien, und wollte ihn jetzt nicht mehr wiedersehen, jetzt, wo sie gerettet und womöglich bei einem anderen Mann war. Als der Fatalist, der er von Natur aus war, entschied er sich wie selbstverständlich für diese Option, und tatsächlich war unter den Versionen von Laura, die er sich im Laufe dieses Martyriums ausgedacht hatte – Laura in einem grünen Morgenmantel im Krankenhaus, Laura in Häftlingskleidung –, folgende die mit Abstand häufigste: Er sah, wie sie mit jenem Mann in einem Portal stand, die Hand zu ihren Brüsten führte, ihn heftig auf den Mund küßte; oder, je mehr er mit morbider Hartnäckigkeit diese Szene vervollkommnete, wie sie nackt im Bett lag, sich in ihren schmutzigen Laken wälzte, sich plötzlich in ein rüdes, wüstes Wesen verwandelt hatte, wie an dem Tag, an dem er ihr von seinem Plan, die Versicherung auszurauben, erzählt hatte; und wie sie ihn womöglich auslachte, ist doch nicht zu fassen, hat der doch tatsächlich diesem Arschloch mit dem Engländer eins übergebraten, war total scharf auf mich, der geile Bock, du kannst dir gar nicht vorstellen, wie ich mich vor ihm geekelt habe, den hätte ich nicht mal mit der Fotze einer anderen gefickt, war alles ohne Gegenleistung, wenn du weißt, was ich meine, ein Küßchen hier, ein bißchen Busengrapschen da, dann war Schluß mit lustig, bis hierhin und nicht weiter, basta, dieser Schwachkopf ... Alcaén wußte, daß es lächerlich war, undenkbar, er wußte, daß er sich da in etwas hineinsteigerte, und trotzdem konnte er mit dieser Selbstquälerei nicht aufhören.

Am Samstag früh ging er, ganz erschlagen vor Schlafmangel und innerer Unruhe, erneut zur Cervecería Vizcaya, nahm seinen üblichen Platz ein, bestellte ein Frühstück, das er kaum anrührte, und drei Stunden später das Mittagessen; doch Laura tauchte nicht auf. Abends passierte das gleiche, in der Hoffnung auf das Wunder ging er in jene Kneipe, bestellte etwas zu essen, ein Bier, dann noch zwei, wartete vergebens. Plötzlich war er sicher, daß sie tot war. Er fragte sich, ob er auch gern tot wäre.

Was sollte er tun? Sie am Montag bei der Arbeit anzurufen war zu gefährlich, sie hatte ihn gewarnt, es ja nicht zu tun, egal, was geschah, weil die Immobilienfirma aller Wahrscheinlichkeit nach überwacht würde, die Telefone abgehört. Zu ihr nach Hause zu gehen hätte beide automatisch verraten, hätte sie automatisch ins Rampenlicht gerückt, in die Mitte der Zielscheibe. Es gibt nichts Schlimmeres, als an den Tatort zurückzukehren, sagte er sich, Straftäter kehren immer an den Tatort zurück und werden immer geschnappt.

Genau in diesem Augenblick kam ihm die Idee, sich Iker Orbáiz' zu bedienen. Suchte er nicht regelmäßig Orte auf, an denen etwas passiert war, und sammelte Informationen, Eindrücke, Zeichen der Tragödie? Behauptete er nicht, daß es sich dabei um eine Feldstudie handelte, um einen Dokumentationsprozeß? Alcaén mußte ihn dazu bringen, Laura Salinas aufzusuchen. Und er durfte dabei keine unnötigen Risiken eingehen. Er war sich nicht sicher, ob es wirklich ein guter Plan war, aber es fiel ihm nichts Besseres ein.

Er verließ die Cervecería Vizcaya und fuhr direkt ins Sívori. Er nahm ein Taxi, zündete sich eine Dunhill an, strich sich mit einer fiebrigen Hand über Wangen und Kinn, schloß aus der kratzigen Beschaffenheit des Gesichts, daß er erbärmlich aussah, unrasiert, ungeduscht, mit Ringen unter den tiefliegenden Augen, wie der Wolfsmensch. Bei ihm zu Hause vorbeischauen konnte er jetzt nicht mehr, dafür war es schon zu spät, er dachte, daß Iker und Ángel wahrscheinlich schon gegangen waren, verfluchte sich für seine Dummheit und Blindheit, für seinen Mangel an Reflexen, dafür, daß er so lange gebraucht hatte, um diese Strategie zu entwerfen. Die ganze Hirnzermarterei war vollkommen unnötig: Als er ankam, waren seine Freunde noch da.

»Alcaén, wie geht's dir?« begrüßte ihn Iker. »Sag mal, ist dir nicht gut? Du siehst ziemlich mitgenommen aus.«

Ángel Biedma gab ihm zur Begrüßung die Hand, musterte ihn argwöhnisch.

»Ja … also, ich glaube, ich habe mir eine Grippe geholt ... oder sonst was, ich weiß auch nicht. Ich habe heute nacht schlecht geschlafen. Wie läuft's mit deinem Roman? Bist du fertig?«

»Noch nicht. Apropos, da wir gerade dabei sind, ich möchte dich um einen Gefallen bitten.«

»Schieß los.«

»Wenn du erlaubst, würde ich gern das, was du mir über die falschen Anzeigen erzählt hast, verwenden, das mit den Häusern. Für den Roman verwenden, versteht sich.«

Alcaén sah Ángel an.

»Also ... es ist mir ein bißchen peinlich, aber von mir aus, wenn's dir hilft ...«

»Ich danke dir. Könnte sich als gutes Material erweisen, weiß man ja nie.«

Alcaén strich sich erneut, schon aus Gewohnheit, über die Wange.

»Hör mal, da du es schon erwähnst ... ich meine, von wegen Materialsuche ... Ich habe mich gefragt, ob dir das mit diesem ungelösten Verbrechen aufgefallen ist, ein Mann namens ... Velázquez oder so ähnlich. Er wurde vor einem Monat oder so umgebracht, in der Nähe seiner Wohnung, in einem Park. Kommt dir das bekannt vor?«

»Nein, ehrlich gesagt nicht. Was ist so interessant daran?«

»Ja, genau«, mischte sich Ángel etwas ungestüm ein, »warum interessierst du dich so für diese Geschichte. Geht es vielleicht um etwas ... Persönliches?«

Alcaén spürte, wie sich dieser rasche, räuberische Blick auf ihn senkte. Er hatte Angst.

»Nein, eigentlich nicht. Wobei ... könnte sein, daß ich den Mann kannte ... das Opfer. Oder vielmehr nicht ihn, sondern seine Frau.«

»Wirklich?« hakte Ángel Biedma nach. »Und woher kanntest du sie?«

Alcaén sah ihn an und wußte, daß er ihn taxierte. Seine Augen schienen ihn zu durchbohren, in ihn einzudringen, als höben sie einen Kaninchenbau aus.

»Uff! Das ist eine sehr ... wie soll ich sagen? ... sehr komplizierte Geschichte. Eigentlich will ich sie lieber nicht erzählen. Ich weiß nicht, warum ich davon angefangen habe, ist wahrscheinlich nur dummes Zeug. Es sei denn, der Tote ist der, den ich meine ... Ich kann mich nicht erinnern, ob in der Zeitung Vázquez oder Velázquez stand. Aber die Gegend würde passen, er wohnte da irgendwo. Na ja, da habe ich halt gedacht: Iker interessiert sich doch für solche Sachen, vielleicht hat er Lust, mal hinzugehen und sich umzusehen. Ich gebe ihm die Adresse, und das war's.«

»Und was könnte ich dort entdecken?«

»Ah, ich weiß auch nicht, da müßtest du schon selber mal gucken. Vielleicht könntest du mit den Nachbarn sprechen, und wenn es der ist, den ich meine, erzähle ich dir den Rest. Oder mit seiner Frau. Du könntest auch mit seiner Frau sprechen. Du weißt schon, Informationen aus erster Hand. Vielleicht stößt du auf etwas Überraschendes, wie gesagt, den Rest erzähle ich dir später.«

War ihm bewußt, daß er mit dem Feuer spielte? Ja, es war ihm bewußt. Was aber hätte er tun sollen? Auf Laura Salinas' Anruf warten? Und wenn kein Anruf kam? Er mußte etwas herausfinden, was auch immer, nichts war schlimmer als diese Ungewißheit, diese Ohnmacht. Vielleicht würde Iker sie antreffen, vielleicht auch nicht, womöglich wohnte sie gar nicht mehr dort. Er war davon ausgegangen. Er war von vielem ausgegangen, und nichts davon stimmte.

»Einverstanden«, sagte Iker Orbáiz, »warum nicht? Schließlich bist du einer meiner Lieferanten, hast mir gerade deine Geschichte mit den Anzeigen geschenkt. Und außerdem hast du mir das von dem Überfall auf deine Firma erzählt.«

»Na ja, aber das wirst du ja wohl nicht veröffentlichen.«

»Nein, nein, keine Angst.«

»Das wäre sehr heikel, jemand könnte das Buch lesen und sich danach das Geld unter den Nagel reißen«, sagte Ángel, und das Wort *Geld* nahm in seiner Hand die Form einer Tarantel an.

Alcaén stand auf. Die Augen brannten ihm. Er hatte kaum die Kraft, um nach Hause zu gehen.

»Ich werde mich hinlegen«, sagte er und konnte ein Gähnen nicht unterdrücken. »Die Grippe ... Ich bin fix und fertig. Vielleicht sehen wir uns morgen. Solltest du wirklich ins Auge fassen, was wir besprochen haben ...«

»Morgen«, unterbrach ihn Iker. »Morgen ist Sonntag, da kann ich mir deinen Toten ansehen.«

Ángel Biedmas Augen folgten Alcaén bis zum Ausgang. Er konnte spüren, wie sie seinen Rücken anvisierten, Fangnetz-Augen, Adler-Augen, Skorpion-Augen, Angelhaken-Augen; er konnte sie hinter sich spüren, wie sie ihn verdächtigten, wie sie ihn hetzten; sie drangen in seine Wohnung ein, Schmeißfliegen-Augen, Krebs-Augen, sie beobachteten ihn, wie er todmüde und in voller Kleidung auf seine nicht dafür bestimmten Seidenlaken fiel.

Beim Aufwachen jedoch waren sie nicht mehr da, als das Telefon klingelte und es unfaßbarerweise bereits sechs Uhr abends war und er fünfzehn Stunden geschlafen hatte, als er den Hörer abnahm und Iker Orbáiz' Stimme hörte, der ihm sagte, du hast dich geirrt, dieser Mann ist nicht der, den du meinst, er sagte es einfach so dahin, unvermittelt, ohne Umschweife oder Hintergrundmusik, mit der Brutalität, mit der die Dinge im wirklichen Leben geschehen, ohne um den heißen Brei herumzureden, in Sätzen, die unvollständig oder konfus oder falsch betont klangen, er sagte einfach, du hast dich geirrt, dieser Mann ist nicht der, den du meinst, Antonio Vázquez, das muß ein anderer sein, seine Nachbarn wissen nichts, er arbeitete im Zentrum, verkaufte Totoscheine, war sehr einsam.

»Aber ... und seine Frau? Hast du mit seiner Frau gesprochen?«

»Tja«, erwiderte Iker Orbáiz, »das ist ja das Problem, das ist der Grund, warum ich weiß, daß du dich geirrt hast. Antonio Vázquez war nicht verheiratet.«

XXIV

Das ist nur der Anfang

Genau hier fängt die Geschichte an. Genau hier wird einer von uns dreien, so wie ich es Ihnen zu Beginn der Erzählung angekündigt habe, gegen halb zwölf Uhr nachts aus dem Haus gehen, um Laura Salinas zu töten. Natürlich wissen Sie bereits, wer dieser gebrochene Mann ist, dieser Mann, der keinen Ausweg mehr sieht und mit langsamen, unsicheren Schritten durch eine Stadt irrt, über der gerade ein Gewitter niedergegangen ist, dessen Augen fiebrig und zersplittert wirken; Sie wissen, daß er eigentlich nicht gefährlich, sondern verängstigt ist und daß er sich, während er sich dem Tatort nähert, vor dunklen Parks und stillen Straßen fürchtet, Straßen der Unruhe, in denen Autos reglos dastehen, Hunde nicht bellen, keine Leute zu sehen sind und die Läden geschlossen haben; Sie wissen, daß er an den Tag denkt, an dem er Antonio Vázquez getötet hat, daß er tausendundeinmal alles durchgeht, was er damals getan hat, sich fragt, ob er etwas hinterlassen hat, was ihn verraten könnte, irgendeine Spur, irgendein kleines Indiz; daß er sich außerdem fragt, ob sein Schmerz jemals vergehen wird, dieser stechende, unfaßbare Schmerz, dieser langsame, unheimliche Schmerz in Form einer Schlange, ob er allmählich von ihm abfallen würde, mit der Zeit verlöschen, so wie Wolfsspuren sich verwischen, wenn der Schnee schmilzt. Sie wissen, daß dieser Mann Alcaén Sánchez ist und warum er Laura Salinas umbringen will.

All dies geschah jedoch viel später, es begann, wie ich Ihnen bereits sagte, um halb zwölf in besagter Nacht. Etwa fünf Stunden früher, als er nach dem Gespräch mit Iker Orbáiz den Hörer auflegte, empfand Alcaén ein unpassendes Wohlgefühl, eine geradezu körperliche Erleichterung, als hätte er gerade einen schweren Gegenstand aus den Händen fallen lassen. Dann kamen die Fragen und mit ihnen die Angst. Wen hatte er getötet, als er Antonio Vázquez getötet hatte? Welche Rolle spielte er in diesem Verbrechen, das nun kein Akt der Gerechtigkeit mehr war, keine natürliche Tat, so natürlich, wie ein Raubtier zu jagen oder ein Insekt zu zertreten? Wer war Laura Salinas, und warum hatte sie ihn getäuscht? Stundenlang watete er in diesem Morast, ohne vom Fleck zu kommen.

Er erinnerte sich an den Mann, den er ermordet hatte, daran, wie er in seinem Gesicht nach den Linien des Bösen gesucht hatte, nach den Eigentümlichkeiten des Monsters, den Merkmalen des Peinigers. Er sah noch einmal seine grünliche Haut vor sich, sein öliges Haar, seine schmutzigen, safrangelben Zähne, und doch kam er ihm plötzlich nicht mehr wie ein verkommenes, widerwärtiges Wesen vor, sondern einfach nur wie ein gewöhnlicher, unschuldiger Mensch. Während er Antonio Vázquez reinwusch und freisprach, entstand in ihm ein riesiger Haß auf Laura Salinas, ein anhaltender, tragischer Haß, ähnlich dem Meer, das gegen Felsen brandet, voller Groll und

Rachegelüste. Er kam sich so dumm vor in seiner frisch gestrichenen Wohnung, mit seinen purpurnen Bettlaken und seiner nagelneuen Wäsche! Wer war Laura Salinas? Warum hatte sie aus ihm einen Wahnsinnigen gemacht, einen Mörder? Stundenlang kämpfte er gegen die schwarzen, endlosen Wasser an. Draußen brach ein Sommergewitter los, es goß in Strömen und hörte plötzlich wieder auf, hinterließ in der Stadt einen Duft nach verwelkten Blumen, einen Geruch der Zerstörung und des Vergessens.

Um halb zwölf verließ er seine Wohnung. Er hielt ein Taxi an und fuhr in die Gegend, wo Antonio Vázquez gewohnt hatte, fuhr zu dem Bahnhof, dem bescheidenen öffentlichen Park, wo er ihn unter einigen Bäumen getötet hatte, neben einer Statue der Göttin Diana. Dann ging er zu ihrer Wohnung, starrte den Häuserblock aus rotem Klinkerstein an, wo Laura Salinas nie gewesen war, wo sie nie mitten in der Nacht aufgeweckt worden war, wo niemand ihr Ohrfeigen verpaßt oder die Finger gebrochen hatte, niemand ihr je gesagt hatte, auf die Knie, du Nutte, wenn du schreist, bring ich dich um. Was nur war passiert? Warum hatte sie ihn dazu gebracht, Antonio Vázquez zu töten?

Alcaén ging in einige Kneipen und trank etwas. Dann hielt er ein weiteres Taxi an, fuhr zu dem Neubauviertel, in dem das Haus lag, wo er Laura Salinas kennengelernt hatte, wo er sich ein Leben mit ihr vorgestellt hatte. Die Fenster waren dunkel, aber es war noch Licht in der Vorhalle, ein Licht, das auf einige Gegenstände fiel, die zufällig dort im Freien liegengeblieben waren, zwei Tassen, ein Dreirad, einige Schläger, die der Regen aufgeweicht hatte. Dort stand er einige Minuten, vor diesen Symptomen des Glücks anderer Menschen, roch die süße Luft der Gärten, diese würzige Luft aus Pinien, Kräutern, Rosenstöcken, Swimmingpools.

Als er wieder in der Stadt war, genehmigte er sich noch ein paar Gläser, ging zu dem Bordell, dessen Nummer er in seinem Terminkalender ausgestrichen hatte, trank noch mehr Alkohol, sprach mit jemandem in einem Büro, man verlangte seinen Personalausweis, er zückte seine Kreditkarte, ein Mädchen fragte, was gefällt dir, Papaíto, wie hättest du's gern?, streichelte seine Wangen, sein Kinn, und Alcaén konnte in ihren Händflächen seinen entarteten Bart hören, sein Wolfsmenschgesicht.

Irgendwann war Montag. Um sieben Uhr morgens verließ er den Club, traf eine unbegreifliche Welt ohne Latinomusik an, ohne karibische Frauen, ohne orange gestrichene Wände. Er ging in noch mehr Kneipen und trank noch mehr und dann einen Kaffee.

Um halb neun postierte er sich in der Nähe von Laura Salinas' Immobilienfirma. Um neun trudelten die Angestellten ein, aber sie war nicht darunter. Um zehn brach er, ohne vorher nach Hause zu gehen, zur Versicherungsgesellschaft auf. Was würden sie von ihm denken. Wie konnte er um diese Uhrzeit zur Arbeit erscheinen, unrasiert, schmutzig, das Hemd voller Flecken. Ihm würde schon eine Erklärung einfallen, sagte er sich, und dann noch einmal, als er bei seiner Ankunft Señor Montero sah, der ihn am Haupteingang erwartete, wahrscheinlich um eine Erklärung von ihm zu fordern, um einen Skandal zu verhindern. Er erkannte ihn immer besser, je näher er kam, je deutlicher sich seine Augen abzeichneten, seine Hände, sein unerbittlicher Schädel und sein hartes Profil, das seinem Gesicht eine numismatische Strenge verlieh.

Wen er nicht erkennen konnte, waren die beiden Männer, die ihn flankierten, die auf ihn zueilten, als er ankam, ihn an den Armen packten und sagten: Sind Sie Alcaén Sánchez? Sie kommen mit aufs Kommissariat, nach Artikel 520 der Strafprozeßordnung haben Sie das Recht zu schweigen, einen Anwalt zu benennen oder einen Pflichtverteidiger zu verlangen, sagten sie mit ihren abstrakten, gleich weit entfernten Stimmen, Sie haben das Recht, einen Familienangehörigen oder eine Person Ihrer Wahl anzurufen, Sie sind verhaftet wegen des Mordes an Antonio Vázquez.

XXV

Sieben Buchstaben

In einem Labor machte man Fotos von ihm, an einem Schalter nahm man ihm Fingerabdrücke ab und in der Krankenstation Blut. Seine Blutgruppe war Rh-negativ, und seine Fingerabdrücke wiesen einen einfachen Bogen auf. Dann führte man ihn in ein Büro, und dort nahmen ein Beamter und ein Stenograph seine Aussage auf. Schließlich überführte man ihn in ein Zimmer, in dem zwei Inspektoren saßen, ein dünner und ein dicker, der eine in einem blauen, der andere in einem grauen Anzug. Das Zimmer war winzig, das Licht schummrig, die Luft schlecht, Möbel standen kaum darin, außer einem Tisch, zwei Stühlen und einigen Aktenschränken. »Sie werden mich schlagen«, war das erste, was Alcaén Sánchez dachte, »ich habe gehört, daß sie den Leuten einen Taucheranzug verpassen und sie mit Gummischläuchen traktieren, daß sie wissen, wie man ihnen die Knochen bricht, ohne Spuren zu hinterlassen, sie stecken die Leute erst in heißes und dann in kaltes Wasser, sie reißen ihnen mit einer Zange die Fingernägel raus, sie werfen sie die Treppe runter.« Auf dem Tisch standen ein Aschenbecher, ein laufendes Tonbandgerät, ein Briefbeschwerer.

»Setzen Sie sich«, sagte der dünne Polizist und bot ihm mit einer höflichen Geste einen der Stühle an und nahm ihm gegenüber Platz. »Ich bin Chefinspektor Urzáiz, und das ist Unterinspektor Gelman.«

Er sah Alcaén an, als erwartete er etwas von ihm. Alcaén aber rührte sich nicht, studierte lediglich den Polizisten, seine langen, dunklen Hände, seine schwarzen Augen, seine trocken aussehende Haut, eine Haut, die wie eine Imitation wirkte, synthetisch, wahrscheinlich spröde geworden aus Mangel an Sonnenlicht und wegen des schmutzigen Jobs.

Der Dicke war nicht nur dick, er war viel mehr als dick, er hatte einen riesigen Kopf, ein vom Fett entstelltes Gesicht und einen Bauch, um den man ein Radrennen hätte veranstalten können. Sein einziger menschlicher Zug waren seine lebhaften und listigen himmelblauen Augen, die bei jedem, den sie ansahen, ein Gefühl von Kälte erzeugten. Der Rest rief das genaue Gegenteil hervor: Hitze, Gedränge, Erschöpfung. Und es waren diese neunzig Prozent jenes Mannes, die Alcaéns Aussage aufnahmen, einen Beamtenblick darauf warfen und sie mürrisch auf den Tisch knallten. Dann richtete er ein feindseliges Lächeln an ihn, ein Lächeln, das eine Büffelherde erschrecken konnte.

»Warum hast du Antonio Vázquez ermordet? Da erklärst du es nicht«, sagte er und deutete auf die Aussage.

»Ich weiß nicht, wer Antonio Vázquez ist. Ich weiß weder, wovon Sie sprechen, noch, warum ich hier bin. Ich werde Anzeige erstatten, sobald …«

»Ich hau dir gleich eine in die Fresse!« heulte der Dicke auf und stürzte auf Alcaén zu. Aber Chefinspektor Urzáiz hielt ihn zurück.

»Gelman, um Gottes willen. Beruhigen Sie sich. Hören wir uns erst einmal an, was der Häftling zu sagen hat.«

»Jetzt will er uns auch noch drohen, dieser Abschaum. Ich habe dir eine Frage gestellt. Warum hast du den Lottoverkäufer getötet? Hast du ihm Geld geschuldet oder was? Wolltest du ihn ausrauben? Hattet ihr ein Verhältnis? Von wem stammen die Fingerabdrücke auf dem Schraubenschlüssel, mit dem du ihm eins auf den Nacken gegeben hast? Von einem Freund, von der Kassiererin des Ladens, wo du ihn gekauft hast?«

Nach außen hin verschränkte Alcaén die Arme, um eine Gelassenheit zu demonstrieren, die er nicht empfand. Was innerlich in ihm vor sich ging, läßt sich mit dem Wort *Wurmfraß* zusammenfassen.

»Sie irren sich, Sie verwechseln mich mit jemandem. Ich habe niemanden umgebracht. Von was für Fingerabdrücken reden Sie da?« Er fühlte sich gestärkt, als er das sagte, als er sich daran erinnerte, daß sie keinerlei Beweise gegen ihn hatten, sie unmöglich haben konnten. Sie haben nichts, sagte er sich, es gibt keine Zeugen, es gibt keine Indizien. Aber was oder wer hatte sie dann zu ihm geführt? Noch war es nicht wichtig, wenn man sich in die Enge getrieben fühlt, ist es nicht wichtig, wer einen verfolgt, sondern nur, wie man entkommen kann.

»Von welchen Fingerabdrücken ich spreche? Das weißt du doch ganz genau«, sagte Gelman provozierend.

»Nein, weiß ich nicht. Ich weiß weder etwas von einem Mord noch von einem Engländer. Sie irren sich, Herr Inspektor. Es muß sich um ein Mißverständnis handeln.«

Urzáiz und Gelman wechselten einen Blick.

»So, so, dann wollen wir mal sehen«, ergriff nun Urzáiz das Wort im Ton dessen, der sich in Geduld übt, als wäre er ein Lehrer, der versucht, seinen Schülern eine Lektion einzutrichtern. Er bot Alcaén eine Zigarette an. »Heiß hier, nicht wahr? Wie im Backofen. Sie rauchen?«

»Jetzt nicht, vielen Dank.«

»Aber Sie rauchen, oder? Mentholzigaretten von Dunhill.«

Das Kinn fing ihm an zu zittern. Er fuhr mit einer Hand darüber, um das Zittern zu stoppen, mit einer beschwichtigenden Hand, wie ein Mann, der ein Tier durch Streicheln zu besänftigen versucht, und dann erinnerte er sich daran, wie schlecht er aussah, an den Schurkenbart, das Wolfsgesicht, die Spitzbubenringe um die Augen.

»Ja, manchmal.«

Es klopfte, und herein kam ein Polizist in Uniform, überreichte Unterinspektor Gelman ein Schreiben, der es, nachdem er einen Blick darauf geworfen hatte, an den Chefinspektor weitergab.

»So, so«, fuhr Urzáiz fort, »manchmal. Nun steht also fest, daß Sie an jenem Tag tatsächlich geraucht haben.«

»An welchem Tag?«

»An dem Tag, an dem du den Lottoverkäufer ermordet hast, Herrgott noch mal!« schrie ihn Gelman an. »Am einundzwanzigsten Juni, oder hast du das schon vergessen?«

Fast hätte er gelacht. Die meinten wohl, sie kämen mit solch billigen Tricks irgendwie weiter. Er hatte natürlich nicht geraucht, als er Antonio Vázquez tötete. Sie haben nichts, dachte er, sie haben absolut nichts gegen mich in der Hand.

»Am einundzwanzigsten Juni?« sagte er. »Sie wollen, daß ich mich erinnere, ob ich am einundzwanzigsten Juni geraucht habe oder nicht?«

»Hör zu, mein Junge.« Chefinspektor Urzáiz ging zum Du über und sagte fast flüsternd. »Es ist nämlich so, daß wir neben der Leiche eine Mentholzigarette der Marke Dunhill gefunden haben. Und der Speichel stammt von dir. Es ist ein Kinderspiel zu beweisen, daß er von dir stammt. Mit einer DNA-Probe: Die versagt nie.«

»Das ist nicht möglich, das ...!«

»Der arme Antonio Vázquez hat sich gewehrt, nicht wahr?« sagte Unterinspektor Gelman, der sich gegen die Aktenschränke gelehnt hatte, merkwürdig ruhig. »Also war es gar nicht so einfach für dich. Sein Hemd war zerrissen, er hat dir ganz schön eine verpaßt, stimmt's. Mit der Faust oder mit dem Fuß? Oder hast du dir die Wunde selbst zugefügt?«

»Welche Wunde? Ich weiß nicht, auf was Sie hinauswollen, Herr Inspektor, aber ich kann Ihnen versichern ...«

»Und dann hast du das Blut abgewischt und das Taschentuch verloren. Vielleicht hat er es dir auch entrissen, es lag nämlich unter seinem Arm. Das passiert schon mal, sie klammern sich noch an etwas, bevor sie fallen, als wollten sie sich an dieser Welt festhalten. Gib es endlich zu! Du sitzt in der Falle.«

»Das Taschentuch? Welches Taschentuch? Das haben Sie doch erfunden! Das haben Sie alles erfunden!«

»Ich fürchte nein, mein Junge«, fuhr Urzáiz in seinem Lehrerton fort. »Unter dem Körper von Antonio Vázquez lag ein Taschentuch. Ein blutverschmiertes Taschentuch. Es ist dein Blut, mein Junge, Rh-negativ, das gleiche Blut, das man dir in der Krankenstation abgenommen hat. Und Blut lügt nie, mein Freund, es lügt nie, man kann es nicht ändern, man kann es nicht fälschen. Blut hat seine eigene Arithmetik, seine eigenen Gesetze, Leukozyten und Lymphozyten, Sauerstoff und Kohlendioxid. Haben wir dein Blut, haben wir dich.«

Das war der Moment, in dem Alcaén Sánchez alles begriff. Es war ein Geistesblitz, die Bilder zogen in Sekundenschnelle an ihm vorüber, riefen in ihm ein Gefühl von Ungläubigkeit und Schmerz hervor, wie wenn man sich an einem Messer schneidet. Urzáiz hatte recht, es war sein Blut, das Blut, das ihm Laura Salinas gestohlen hatte. Er erinnerte sich an die Nacht, in der sie aus der Cervecería Vizcaya weggelaufen waren, er erinnerte sich, daß sie, nachdem sie das Portal betreten und sie sich die Jacke aufgeknöpft hatte, seine Hand genommen, sie zu ihren Brüsten geführt hatte, ihren wunderbaren, übermenschlichen Brüsten, ihn mit wilder Sanftheit, mit gierigem Verlangen geküßt hatte, ihn verzweifelt in die Lippen gebissen hatte, bis das Blut gequollen war. Und dann hatte sie sich von ihm gelöst, hatte ihm mit einem Taschentuch den Mund abgetupft, hatte diese schleimige, scharlachrote Flüssigkeit angestarrt und gesagt: »Wenn es doch nur so wäre, mein Gott, wenn er doch nur tot wäre.«

Gelman hatte recht, er saß in der Falle. Laura hatte ihn

mit seinem eigenen Plan, die Versicherungsgesellschaft auszurauben, in die Falle gelockt! Es paßte alles zusammen: Da war die Zigarettenkippe, die sie bei einem ihrer Treffen eingesteckt haben mußte; da war das falsche Blut, so falsch wie das, das er in der Toilette des Sívori aufgelesen hatte, nur daß dieses Blut nicht nur falsch, sondern auch echt war ... Das Zimmer begann zu schwanken, als betrachtete man es aus einer Schiffskajüte. Es lag alles klar auf der Hand: Laura Salinas hatte ihn dazu getrieben, Antonio Vázquez umzubringen, und dann die falschen Spuren neben die Leiche gelegt. Alles war klar, nur eines nicht: Warum?

Die Tür des Büros ging auf, zwei Beamte traten ein, und Gelman sagte zu ihnen:

»Bringt ihn runter in die Arrestzelle.«

»Moment!« rief Alcaén. »Haben Sie einundzwanzigster Juni gesagt? Jetzt erinnere ich mich wieder, an dem Abend habe ich die Wohnung nicht verlassen. Morgens bin ich ins Büro gegangen, und abends habe ich Fernsehen geschaut. Ich erinnere mich daran, daß ein Freund angerufen hat. Reden Sie mit ihm, er heißt Ángel Biedma. Danach trafen wir uns in einer Kneipe namens Sívori. Reden Sie mit allen, reden Sie mit meinen Arbeitskollegen, mit Doktor Biedma, mit den Leuten, die in der Bar waren.«

»Haben wir bereits«, sagte Unterinspektor Gelman. »Und du hast recht, du warst im Büro und in der Bar. Und zwischendurch hast du den Mann getötet, getötet wie einen Hund. Warum, Alcaén, was war der Grund?«

Die Beamten packten ihn links und rechts am Arm.

»Rufen Sie Ángel Biedma an! Er wird Ihnen bestätigen, daß er mit mir gesprochen hat.«

»Das haben wir längst getan, mein Junge«, sagte Chefinspektor Urzáiz. »Im Grunde war er es, der uns zu dir geführt hat. Ohne böse Absicht, rein zufällig. Ich wette, du willst wissen, wie. Es spricht nichts dagegen, also werde ich es dir sagen: Er hat einen seiner Patienten gefragt, einen Inspektor der Polizei, ob er etwas über Antonio Vázquez wisse; er sagte, ein Freund habe vergangenen Abend von diesem Verbrechen gesprochen, hätte großes Interesse daran gezeigt und sogar jemanden hingeschickt, um in der Wohnung des Toten Erkundigungen einzuholen. Der Inspektor recherchierte den Fall, rief ihn am nächsten Tag an und stellte ihm zwei Fragen: ob sein Freund rauche und wenn ja, welche Marke. Und Ángel Biedma meinte, ja, er rauche Mentholzigaretten von Dunhill. Tja, Pech gehabt, der Arzt wollte dir helfen, es ist ihm aber nicht so ganz gelungen.«

»Ich habe das Recht, einen Anwalt anzurufen«, sagte Alcaén, während man ihn hochhob. »Sie haben keine Beweise gegen mich. Jeder hätte dieses Taschentuch und diese Zigarettenkippe neben den Toten legen können. Sie irren sich.«

»Selbstverständlich kannst du einen Anwalt anrufen, mein Junge«, schloß Urzáiz. »Wer sollte es dir verbieten? In diesem Land hat jeder dieses Recht, sogar so ein Stück Dreck wie du.«

Man führte ihn bereits ab, mit gesenktem Kopf und

in Handschellen, als Unterinspektor Gelman mit einem Lächeln auf seinem monumentalen Gesicht sagte:

»Ach, übrigens! Vor dem Richter wirst du auch erklären müssen, woher du wußtest, daß Antonio Vázquez mit einem Engländer erschlagen wurde.«

»Das haben Sie mir gesagt.«

»Von wegen, Kollege, ich habe es dir nicht gesagt. Ist alles hier auf dem Tonband, kannst du dir anhören, wenn du willst. Ich habe von einem Schraubenschlüssel gesprochen, nicht von einem Engländer. Nicht schlecht, der Trick, was?«

»Engländer«, sagte sich Alcaén Sánchez, »ein Engländer.« Bestimmt würde er in den kommenden Jahren häufig an das Wort denken, das ihm den Garaus gemacht hatte, würde sich sagen, *Engländer* ist ein auf der ersten Silbe betontes Wort, Singular, und hat neun Buchstaben, wie *Berserker*, wie *Beelzebub*.

Er betrat seine Zelle. Warf sich aufs Bett. Schlief ein in Gedanken an Laura Salinas: Es war so schön, als sie erschien, als sie auf sein Leben zu fallen begann wie Schnee auf eine dunkle Kleinstadt. Er sah ihre vollkommenen Lippen, ihre Hände, ihre ockerfarbenen Augen, ihre sandigen Katzenaugen, die an eine Pflanze erinnerten, die unter der Erde eine große Wurzel birgt. Schnee fällt und verwandelt alles, macht alles rein und magisch – wenn du auf Schnee gehst, bist du im Himmel, wenn du ihn berührst, bist du für immer ein Kind. In Wirklichkeit aber ist er nichts, ändert nichts, wenn er schmilzt, tauchen darunter die schmutzigen Landstraßen wieder auf, die pessimistischen Straßen der Stadt, die kranken Bäume. Der Schnee bringt nichts mit, nimmt nichts fort. Der Schnee ist leer.

XXVI

Der dunkle Teil

Iker Orbáiz gab Unterinspektor Gelman die Hand und machte sich auf den Weg durch die Flure des Kommissariats. Unter normalen Umständen hätte er auf einige Inspektoren mit grausamen Augen und quadratischen Kiefern geachtet, auf eine Frau, die an einer Getränkemaschine stand und weinte, auf das geschmacklose Auftreten von drei oder vier Königen der Unterwelt, die rückgratlos hin und her schwankten und schlingerten, die hin und her wogten, als wären sie ein auf dem Wasser schwimmender Korken. An jenem Vormittag aber achtete Iker auf nichts. An jenem Vormittag war er in Gedanken ganz bei Alcaén Sánchez, bei seiner furchtbaren Geschichte.

Er hatte ihn einige Male in der Strafanstalt besucht, das Herz hatte ihm geblutet, als er die Verwüstungen bemerkt hatte, die das Gefängnis in Alcaéns Gesicht angerichtet hatte, als er seine spitze Nase gesehen hatte, das kurzgeschorene Haar, die erloschenen Augen; und natürlich konnte er die Geschichte nicht vergessen, die er ihm erzählt hatte und die Sie bereits kennen. Alcaén hatte ihm in Erinnerung gerufen, was er bereits wußte: wie er Laura Salinas über die Immobilienfirma kennengelernt hatte, wie er ihr vorgegaukelt hatte, er sei ein Potentat, wie naiv er gewesen war, als er ihr von dem Überfall auf die Versicherung erzählt hatte und wie ihn diese Naivität ins Verderben gestürzt hatte. Und dann hatte er auch den dunkelsten Teil erzählt, alle Ereignisse und Lügen, die in diese entsetzliche Leere gemündet waren, in diesen bodenlosen Kreis voller Fallen, Verrat und Verbrechen.

»Tja, Iker«, sagte er mit einer grauenvollen Traurigkeit, einer Traurigkeit, die seine Lippen ergriff, seine Stirn, seinen Blick, die alles an ihm ergriff. »Ihr wolltet doch mein Leben, um ein Buch daraus zu machen, oder? Da hast du es, nimm alles, was du willst.«

Iker konnte Alcaéns Miene nicht vergessen; er konnte diese Worte nicht vergessen, dieses bankrotte Gesicht, den Blick eines Menschen, der stürzt, der untergeht, der allem Lebewohl sagt.

Er fuhr zu dem Krankenhaus, in dem Ángel Biedma arbeitete. Er hatte ihn angerufen und sich zum Essen verabredet, und als er das Restaurant der Klinik betrat, sah er ihn ganz hinten sitzen, abseits der anderen, abseits des Kauderwelschs der Gespräche und des hohlen Lärms der Löffel, an dem Platz, an dem er immer saß, die Bildhauerhände ruhig auf dem Tisch, links und rechts des Tellers, das Besteck peinlich genau ausgelegt, das Wasserglas bis knapp über der Hälfte gefüllt, in das er immer wieder nachgoß, um es auf diesem Pegel zu halten.

»Iker, mein Lieber«, sagte Doktor Biedma und hob zum Willkommen beide Hände.

»Wie geht's dir, Ángel?«

»Ich freue mich, daß du gekommen bist. Wie läuft's? Ist der Roman fertig? Es fehlte ja nicht mehr viel.«

»Nicht so gut, um ehrlich zu sein. Ich mache mir Sorgen um Alcaén. Heute habe ich ihn wieder im Gefängnis besucht. Mich erschreckt der Gedanke, daß sein Leben dort zu Ende gehen wird, daß man ihn zu fünfunddreißig Jahren Haft verurteilt hat.«

»Ach was. Heutzutage kommen sie schnell wieder raus, die haben gar nicht Platz für alle. Er wird höchstes zehn Jahre absitzen.«

»Höchstens?«

»Na ja, zehn sind fünfundzwanzig weniger als fünfunddreißig. Ein guter Rabatt.«

»Ich war auch auf dem Kommissariat, bei Unterinspektor Gelman. Ein intelligenter Mensch.«

»Dieser fette Kerl ... Na ja, wenn du vor dem Essen etwas Schreckliches sehen wolltest, hast du einen Volltreffer gelandet. Und jetzt sag: Was erzählt Alcaén Sánchez, dieser arme Tropf? Hast du ihm gesagt, daß du seine Geschichte für deinen Roman verwenden willst? Das wirst du doch, oder? Wer würde sich so ein gutes Material entgehen lassen! Eine Mine, Iker: Du mußt nur graben und das Gold schürfen. Man kann dich wirklich nur beglückwünschen.«

»Ja, kann schon sein. Trotzdem ist der ganze Fall merkwürdig.«

»Nicht merkwürdig, Iker: Er ist schäbig und grauenvoll. Alcaén hat kaltblütig einen Menschen umgebracht. Einen Menschen, mit dem er nie gesprochen hatte.«

»Ich verstehe nur eins nicht: Welche Rolle hat Laura Salinas gespielt? Gelman sagt, sie hätten sie gründlich überprüft, es bestehe nicht der geringste Zweifel über ihre Beziehung zu Antonio Vázquez: Es gab keine, sie hatte ihn noch nie gesehen.«

»Ja, du hast mir Alcaéns Version erzählt. Aber meinst du nicht, daß er sie erfunden hat? Er hat Vázquez ermordet, das hat er gestanden. Angeblich, weil Laura Salinas ihn dazu getrieben hat.«

»Und wer hat sie dazu getrieben? Das ist der springende Punkt der Geschichte. Warum hat sie ihn zu einem Verbrechen gedrängt, bei dem nichts für sie heraussprang?«

»Na ja ...« Während er über seine Antwort nachdachte, betrachtete Ángel Biedma seine Hände, die in diesem Augenblick reglos dalagen, sich jedoch augenblicklich verwandelten, als er seine Theorien darlegte, in Dolch-Hände, in Gabel-Hände. »... mir fallen zwei Antworten ein: Entweder ist Alcaén verrückt, oder er tat es, um dem Mädchen Schaden zuzufügen. Wie du mir selbst erzählt hast, hat sie ausgesagt, daß Alcaén sie nicht in Ruhe ließ, ihre Kolleginnen bei der Immobilienfirma haben bestätigt, daß er sie ständig anrief, bis sie schließlich kündigen mußte, die Arbeit aufgeben, um ihm zu entkommen.«

»Alcaén sagt, daß das nicht stimmt.«

»Hat sie etwa nicht ihre Arbeit aufgegeben? Hat er sie etwa nicht bedrängt?«

»Er hat sie nicht bedrängt, und das weißt du. Er hat sie für verloren erklärt, nachdem er ihr gestanden hatte, daß er kein Millionär sei, daß er dieses Luxushäuschen oder dergleichen nicht kaufen könne. Sie war empört über seine Lügen, und er hat sie sich aus dem Kopf geschlagen. Erinnerst du dich? Das hat er uns selbst eines Abends im Sívori erzählt. Er hat uns sogar mit viel Selbstironie seinen Plan geschildert, wie er die Versicherungsgesellschaft ausrauben wollte, um an Geld zu kommen.«

»Wenn du sagt, er habe sie für verloren erklärt: Warum ist er dann zu ihr zurückgekehrt?«

»Sie hat ihn von sich aus angerufen. Kurz nach unserem Gespräch im Sívori rief sie ihn im Büro an und erzählte ihm die Geschichte von ihrem Peiniger, stahl Alcaén das Blut, sagte ihm …«

»Eh, eh, eh, einen Moment! *Er* behauptet das, aber es stimmt nicht. Das ist eine phantastische Geschichte, und du wirst daraus einen noch phantastischeren Roman machen. Aber, mein Lieber, ich fürchte, sie ist nicht real. Die Realität ist niemals so perfekt.«

»Das scheint mir auch so. Übrigens: Alcaén hat mir erzählt, die Sache mit den Anzeigen für die nicht existierenden Wohnungen sei deine Idee gewesen, er habe sie nur aufgegeben, weil du ihn darum gebeten hättest, damit ich Stoff für meinen Roman bekäme.«

Ángel machte eine ärgerliche Geste.

»Das hat er dir also erzählt …«

»Ich bin selbst darauf gekommen, durch eine Bemerkung von ihm. Den Rest habe ich ihm aus der Nase gezogen, so gut ich konnte. ›Ihr wolltet doch mein Leben, um ein Buch daraus zu machen, oder? Da hast du es.‹ Das waren seine Worte.«

»Und?«

»Ich habe ihm erzählt, daß wir darüber gesprochen hatten, seine Eigenschaften zu übernehmen, um eine Figur zu konstruieren. Daß er eine Art Modell abgeben sollte. Und er wiederum hat mir erzählt, du hättest ihn gebeten, diese Anzeigen aufzugeben. Daß ihr im Sívori wart und über ein Bild gesprochen habt.«

»Von Goya«, unterbrach ihn Ángel Biedma. »Ein Bild von Goya, *Saturn verschlingt eines seiner Kinder*.«

»Aber das hat dir nicht gereicht, stimmt's?« Ikers Ton hatte plötzlich an Schärfe zugenommen. Doktor Biedmas Hände lagen wieder reglos auf dem Tischtuch.

»Ich habe den Faden verloren. Ich verstehe nicht.«

»Wirklich? Ich kam mit meinem Roman nicht voran, weil Alcaéns Leben zu gewöhnlich war, wie das fast aller Menschen. Also hast du beschlossen, ein bißchen nachzuhelfen. Stimmt doch, oder?«

»Iker, mir scheint, du hast zu viel Zeit mit diesem Fettkloß von Polizisten verbracht. Ich glaube, es wäre am vernünftigsten ...«

»Halt die Klappe!« Iker schlug mit der Faust auf den Tisch, mit einer schrecklichen Faust. Die anderen Gäste drehten sich um und sahen zu ihnen herüber. Ángel Biedmas Besteck wirbelte durcheinander, ein Löffel landete auf dem Boden.

»Hör zu, mein Kleiner, ich werde nicht dulden, daß du mich anschreist.«

»Wirst du wohl. Das und noch viel mehr.«

»Vorausgesetzt, du hörst endlich mit dieser absurden Geschichte auf.«

»Nein, das ist keine absurde Geschichte, das ist die Wahrheit. Du hast Laura Salinas bei der Arbeit angerufen, nachdem uns Alcáen im Sívori von ihr erzählt hatte. Du hast dir die Geschichte mit dem brutalen Ehemann ausgedacht. Du wolltest wissen, wie weit ein Mensch wie Alcaén gehen würde. Du hast mit den Anzeigen angefangen, und dann ist dir die Idee gekommen, Laura Salinas zu engagieren. Du hast dir ein zufälliges Opfer ausgesucht, deswegen ließ sich auch keine Verbindung zwischen ihr und dem falschen Ehemann herstellen. Du hast den armen Antonio Vázquez ausgesucht, aber es hätte auch jeder andere sein können.«

»Na gut, wenn all das stimmt, heißt das doch nur, daß du mir sehr wichtig bist.«

»Wieviel hast du ihr bezahlt, Ángel? Vermutlich war ihr Preis sehr hoch.«

Doktor Biedma lächelte.

»Gute Dinge sind eben teuer, das weißt du ja.«

»Du dachtest, die Polizei würde Alcaén schnell schnappen, damit ich meine Geschichte bekomme; und um sicherzugehen, daß er ihnen nicht durch die Lappen geht, nahmst du seine Ideen für den Versicherungsraub auf, das mit dem Speichel auf der Zigarette und das mit dem falschen Blut. Aber Alcaén erwies sich als doppelt so schlau wie du dachtest, er erledigte seinen Job, ohne Spuren zu hinterlassen. Also brachtest du Plan B zum Einsatz, oder vielleicht hattest du es auch von Anfang an vor: Du hast ihn bei einem deiner Patienten angeschwärzt, einem Polizeiinspektor. Und dann, als sie dich verhörten, hast du sein Alibi zerstörť, du hast gesagt, du könntest dich nicht daran erinnern, ihn an jenem Abend angerufen zu haben, und damit hast du ihm die einzige Möglichkeit verbaut, die er hatte. Du hast ihn aber sehr wohl angerufen, und ich kann dir versichern, daß es sich leicht beweisen läßt.«

»Ah ja? Und wie?«

»Die Polizei weiß Bescheid. Alcaén hat dich gebeten, ihn genau um die Uhrzeit anzurufen, zu der er, wie du wußtest, Antonio Vázquez töten würde, und das hast du auch getan, allerdings aus einer Telefonzelle, um keinen Verdacht zu erregen, damit deine Nummer nicht registriert wird. Unterinspektor Gelman hat festgestellt, daß jemand um die Uhrzeit, die ihr vereinbart hattet, auf Alcaéns Handy angerufen hat, von einem öffentlichen Telefon.«

»Na schön, das ist aber auch das einzige: Er weiß, daß der Anfruf von einer Kabine getätigt wurde, aber er weiß nicht, von wem.«

»Du warst es, Ángel. Und die Tatsache, daß du es warst und es abstreitest, beweist, daß du auch derjenige bist, der sich den Rest der Geschichte ausgedacht hat.«

Ángel lächelte wieder zufrieden.

»Na gut, Iker, wenigstens streitest du nicht ab, daß die Geschichte gut ist. Bist du stolz auf mich? Ich schenke sie dir. Wie du weißt, war es mir immer eine Freude, dir schöne Geschenke zu machen.«

Der Arzt nahm die Speisekarte zur Hand, schlug sie auf wie ein Monster sein drittes Auge.

»Ja«, sagte Iker. »Das stimmt. Erinnerst du dich noch an dein erstes Geschenk?«

»Das erste Geschenk, das ich dir gemacht habe?«

»Ja. Erinnerst du dich?«

»Daran erinnere ich mich ganz genau: Es war ein Miniaturtonbandgerät. Ein kleiner, feiner Apparat aus Japan.«

»Richtig, genau das war dein erstes Geschenk: der Kassettenrecorder, den ich in der Hosentasche trage und mit dem ich gerade dieses Gespräch aufgenommen habe.« Iker Orbáiz lehnte sich auf seinem Stuhl zurück und lächelte. »Mein lieber Ángel, wie konntest du nur auf einen so einfachen Trick reinfallen?«

Doktor Biedma starrte ihn einige Sekunden mit wutverzerrtem Gesicht an. Dann lächelte er wieder. Es war ein grausiges, sich schlängelndes Lächeln.

»Das wird dir nicht viel nützen«, sagte er. »Ich bin nicht so ein armer Wicht wie Alcaén Sánchez. Ich verfüge über Mittel.«

»Wir werden sehen. Wir werden sehen, was passiert, wenn Laura Salinas einknickt.«

»Mir wird nichts passieren«, sagte Ángel Biedma. »Man ist schwer zu fangen, wenn man sich in seinem Geld versteckt.«

XXVII

Diese Seite des Teufels

Zum Teil hatte er recht, aber nicht in allem. Der mit unserem Fall beauftragte Richter akzeptierte Ikers Kassette als Beweis, und Laura Salinas, eine Frau mit wenig Skrupeln und noch weniger Charakter, knickte ein, als Unterinspektor Gelman sie in die Finger bekam. Mich haben sie zu elf Jahren Haft verurteilt, wobei ich glaube, daß ich nicht mehr als drei werde absitzen müssen; ich bin mir sicher, daß man jedem anderen fünfzehn oder mehr Jahre aufgebrummt hätte. Ich beklage mich nicht. Ich will Ihnen auch nicht verheimlichen, zumal ich es Ihnen bereits sagte, daß ich anfangs sehr gelitten habe, Sie können sich ja denken, daß ein Gefängnis nicht der beste Ort für einen Mann von meinem Geschmack und in meiner Position ist. Aber ich bin jetzt schon sechshundertdreiundzwanzig Tage hier, keinen Tag mehr und keinen Tag weniger, und ich habe gelernt, gute Miene zum bösen Spiel zu machen, Sie wissen schon, Augen zu und durch und so, und ich bin ziemlich stolz auf meine Fähigkeit, unter dem Pöbel, der hier eingesperrt ist, nicht aufzufallen, Sie können sich gar nicht vorstellen, wie's hier zugeht, was für ein Gesindel sich in einem solchen Loch zusammenfindet, aber das ist kein Problem, weil ich nämlich ein durch und durch chamäleonartiges Wesen bin, das macht mich vielleicht nicht stärker, aber ich bin schwerer zu jagen. Mögen Sie Chamäleons? Ich bewundere sie, ich halte sie nicht für unberechenbare Wesen wie so viele Leute, sondern für listig und schön, ich habe sogar ein Foto von einem aufgehängt, hier an der Wand, es ist ein prächtiges Reptil, das, wie Sie wissen, die Farbe seiner Haut verändert, um sich an seine Umwelt anzupassen, es hat ein ganzes Spektrum von Farben, grüne, gelbe, rote und ockerne, die erscheinen und verschwinden, je nach Lichtimpulsen aus ihrer Umgebung; sie haben Greiffüße und einen Greifschwanz und können, das ist fast das Beste, ihre Augen unabhängig voneinander bewegen, das eine in die eine Richtung, das andere in die andere, und sie haben eine Schleuderzunge, so daß sie aus der Ferne jagen können, ohne sich ihren Opfern nähern zu müssen. Wie der Gott Apollon. Haben Sie nicht die *Ilias* gelesen? Apollon, der fernhin Treffende, so nennt ihn Homer ein ums andere Mal. Ich will Ihnen etwas gestehen, und Sie dürfen mir ruhig glauben, daß es von Herzen kommt: Wenn ich in einem anderen Leben ein Tier sein müßte, zweifeln Sie keinen Augenblick daran, daß ich gern ein Chamäleon wäre.

Wie Sie sehen, habe ich die fast genau zwei Jahre, die ich in meiner Zelle sitze, ganz gut genutzt und den Roman geschrieben, den Iker nicht schreiben wollte, man muß schon ganz schön unverantwortlich sein, um eine solche Chance wie die auszuschlagen, die ich ihm geboten habe, na ja, selber schuld. Schließlich mußte ich es mit meinen eigenen Händen tun, und mir scheint, es ist mir alles andere als schlecht gelungen, wobei Sie mir sagen müssen, wie Sie den Roman finden, vorausgesetzt, ich beschließe irgendwann, daß Sie existieren, daß es auf dieser Seite der Geschichte jemanden gibt, denn wenn ich nicht will, wird nichts passieren, ich vernichte das Buch, und dann sind Sie weg. Ich glaube aber nicht, daß ich es tun werde; wenn ich hier rauskomme, werde ich wahrscheinlich meine Beziehungen spielen lassen, damit das hier veröffentlicht wird, vielleicht warte ich auch noch ein wenig, bis Gras über die Sache gewachsen ist. Ich hoffe, daß Laura Salinas dann noch im Gefängnis sitzt, denn sie wurde zu fünfzehn Jahren verurteilt, drei mehr als ich, der ich nicht so nah am Toten dran war wie sie. Sie sehen: die Vorteile des Chamäleons.

Und ich hoffe, daß Iker noch einmal alles überdenkt. Es hat mir sehr weh getan, daß er mich in all der Zeit nicht ein einziges Mal besucht hat, aber vielleicht wird er, wenn ich hier rauskomme und mein Leben wiederaufnehme, in der Lage sein, alles zu verstehen, zu begreifen, daß ich alles nur wegen ihm und für ihn getan habe. Ich hege keinen Groll gegen ihn, und er braucht mich. Ich habe seinen Roman über den Mann gelesen, der nicht in seinen Träumen auftauchen konnte, und er hat mir gefallen, man hätte vielleicht noch das ein oder andere verbessern können, aber er ist gut. Ich glaube, daß er letztlich eine Hommage an Alcaén Sánchez ist, ich meine den Teil, in dem der Held des Buches den Saal betritt, wo die Tierärzte die Tauben töten, und die Vögel befreit und sich dann in die Gaskammer setzt, die Tür zumacht, die Augen schließt, die Vögel sich im Himmel verlieren, er langsam einschläft, einen

Traum hat, in dem er in einem Schwimmbad schwimmt. Ist nicht schlecht, aber ich hätte mich für etwas Packenderes entschieden, zum Beispiel, daß der Mann weiterhin Äpfel vergiftet und die Zeitungen nach Meldungen über seine Verbrechen durchforstet; und wenn die Leute kein Obst mehr kaufen, fängt er an, das Gift in Wasserflaschen zu spritzen, und wenn sie daraufhin Leitungswasser trinken, knöpft er sich die Joghurts vor, die Milchtüten, die Fruchtsäfte ... Na ja, ist nur so eine Idee, wer weiß schon, was besser und was schlechter ist.

Und jetzt, mit Verlaub, habe ich nichts mehr zu sagen. Ich werde mich hinlegen und gut schlafen, so wie jeden Tag, glauben Sie bloß nicht, ich gehöre zu denen, die nachts wach liegen und ins Leere starren, die sich schuldig fühlen inmitten einer von ihren Gewissensbissen verschärften Dunkelheit, einer autobiographischen Dunkelheit. Vermutlich hat Alcaén Sánchez so etwas Ähnliches empfunden, als er sich umbrachte, vor einigen Wochen, als er sich mit den Laken seiner Pritsche erhängte, der arme Teufel, Sie irren sich, wenn Sie glauben, ich empfände kein Mitleid mit ihm, ich stelle ihn mir in diesem kritischen Moment vor, ich sehe, wie er an den Gitterstäben des Fensters hängt, eine Marionette, die sich in ihren eigenen Fäden verfangen hat, und dann fällt mir wieder ein, was Iker Orbáiz einmal gesagt hat, von wegen daß am Ende eines Stricks immer eine Schlinge ist. Für mich allerdings nicht, darauf können Sie Gift nehmen.

Ich gehe jetzt schlafen, ich will Sie nicht länger aufhalten. Sie sollten ebenfalls ins Bett gehen. Vielleicht werden wir uns eines Tages wiedersehen, vielleicht schon bald. Wer weiß? Möglicherweise werde ich diesen Roman veröffentlichen und einen großen Erfolg erzielen. Möglicherweise werde ich dann zu Ihrem Lieblingsautor. Bis dahin sage ich Ihnen Lebewohl, wer immer und wo immer Sie sind.

Und vergessen Sie nicht, legen Sie sich auf die rechte Seite, man darf nie auf dem Herzen schlafen, sonst träumt man vom Teufel.